ullstein

Das Buch

Madame S. ist viel auf Reisen. Überall auf der Welt begegnet sie Frauen, die ihr von ihren sexuellen Abenteuern erzählen, und diese Geschichten schreibt sie in ihrem roten Notizbuch auf. Im Lauf der Zeit ist so eine sinnliche Sammlung expliziter Geheimnisse voller Begierde, Verführung und Hingabe entstanden. Offen und ohne Hemmungen berichten zehn Frauen von ihren leidenschaftlichsten Geheimnissen. So wird gezeigt, dass man auch am Telefon sehr viel Spaß haben kann, eine junge Frau genießt eine ebenso überraschende wie intensive Beratung in der Umkleidekabine und zwei Paare verbringen heiße Sommernächte auf den Seychellen miteinander. Madame S. wünscht Ihnen anregende Lektüre!

Die Autorin

Madame S. hat in England bereits eine Reihe von Bänden mit erotischen Geschichten und mehrere Romane veröffentlicht.

In unserem Hause ist von Madame S. bereits erschienen:
Wahre Lust

Hemmungslos

Erotische Geheimnisse,
gesammelt von
Madame S.

Aus dem Englischen
von Lisa Kuppler

Ullstein

Besuchen Sie uns im Internet:
www.ullstein-taschenbuch.de

Mix
Produktgruppe aus vorbildlich bewirtschafteten Wäldern und anderen kontrollierten Herkünften
www.fsc.org Zert.-Nr. GFA-COC-001278
© 1996 Forest Stewardship Council

Dieses Taschenbuch wurde auf FSC-zertifiziertem Papier gedruckt. FSC (Forest Stewardship Council) ist eine nichtstaatliche, gemeinnützige Organisation, die sich für eine ökologische und sozialverantwortliche Nutzung der Wälder unserer Erde einsetzt.

Deutsche Erstausgabe im Ullstein Taschenbuch
1. Auflage August 2009
2. Auflage 2010

Published in 2007 by Ebury Press, an imprint of Ebury Publishing
Ebury Publishing is a division of The Random House Group Ltd
www.annsummers.com
Titel der englischen Originalausgabe: *White Hot & Wild Whispers*
(Ebury Press, London)
Umschlaggestaltung: HildenDesign, München
Titelabbildung: © Günter Hagedorn,
www.hagedorn-photography.com
Satz: LVD GmbH, Berlin
Gesetzt aus der Berkeley Oldstyle
Papier: Pamo Super von Arctic Paper Mochenwangen GmbH
Druck und Bindearbeiten: CPI – Ebner & Spiegel, Ulm
Printed in Germany
ISBN 978-3-548-28032-5

Inhalt

Liebe im Untergrund 9

Verwählt 21

Der magische Sexshop 29

Geile Schnalle 47

Sex in der Zelle 61

Die lebende Statue 75

Verführung mit Theaterschminke 92

Vorspiel zu viert 110

Der Sünder 132

Maskerade 148

Liebe Leserinnen und Leser,

willkommen zum zweiten Band voller erotischer Geschichten, zusammengestellt von Madame S. Hier finden Sie Einschlafgeschichten, die Sie garantiert nicht zum Einschlafen bringen! Schon seit vielen Jahren sammle ich sexuelle Geständnisse, wahre Erzählungen von Frauen, die sich auf wilde erotische Abenteuer eingelassen haben und mir ihre prickelnden Geheimnisse offenbarten. Diese atemberaubenden Erlebnisse notiere ich mir in mein rotes Lederbüchlein, das ich stets bei mir trage, egal, wo ich bin auf der Welt. Und wann immer ich nach einer antörnenden sexuellen Phantasie suche, in der ich mich verlieren kann, lese ich darin. Allerdings sind die Geschichten in meinem Notizbuch so aufregend und sexy, dass ich sie nicht länger einem größeren Lesepublikum vorenthalten will.

Seit der Veröffentlichung des ersten Bandes habe ich eifrig weitergesammelt, und mir sind viele neue sexuelle Geständnisse zu Ohren gekommen. Immer mehr Leserinnen und Leser wollen endlich die Wahrheit darüber erfahren, was ganz normale Frauen (und zumindest ein international bekannter weiblicher Star) so alles im Bett und auch außerhalb des Schlafzimmers anstellen. Nun halten Sie den zweiten Band in Händen, der wieder voll von erregenden, außergewöhnlichen Geschichten ist. Es sind Erzählungen von Frauen, die ihre sexuellen Phantasien bis zur äußersten Grenze ausgelebt und das erotische Potential ihrer Lust voll ausgereizt haben. Manche der Geschichten sind romantisch und zärtlich, andere schockierend und fast pervers. Und alle haben sie eines gemeinsam: Sie sind alle wirklich passiert.

Bleibt nur noch eine Frage – welche Geschichte gefällt Ihnen am besten?

Viel Vergnügen wünscht

Madame S.

Liebe im Untergrund

Welche Frau hat sich nicht schon Phantasien über einen Fremden in der U-Bahn hingegeben und sich damit die lange tägliche Fahrt zur Arbeit und zurück versüßt? Zwei unbekannte Körper, die sich beide auf einer Reise befinden, sich für ein paar Minuten der Ekstase vereinen, um dann wieder ihrer Wege zu gehen … das ist eine spannungsgeladene und hocherotische Vorstellung. Doch würden Sie es wirklich tun, wenn Sie die Gelegenheit hätten?

Diese Geschichte erzählte mir eine junge Frau, die sich selbst am wenigsten zugetraut hätte, so etwas an einem öffentlichen Ort zu riskieren. Doch dann war sie allein in einem U-Bahn-Tunnel, mit einem großen, attraktiven Fremden.

Ich bin in einem Kaff im Umland von London aufgewachsen, und als kleines Mädchen gefiel es mir immer besonders, bei den gelegentlichen Familienausflügen in die Hauptstadt mit der U-Bahn fahren zu dürfen. Es war eine fremdartige, aufregende Erfahrung für mich. Ehrfürchtig betrachtete ich die eleganten, sexy Frauen und die schicken, gutaussehenden Männer, die mit uns im Waggon saßen. Ich liebte die geheimnisvollen, vielversprechenden Namen der U-Bahn-Stationen (»Angels«, »Seven Sisters« und »Elephant & Castle« hörten sich für mich an wie aus einem Märchen, und ich dachte wirklich, dass ich bei den Piccadilly und Oxford »Circuses«

Clowns und einem Löwenbändiger begegnen würde). Ebenso fasziniert war ich von dem nie zur Ruhe kommenden Tunnellabyrinth unterhalb der Straßen Londons, das vollgestopft war mit menschlichen Körpern. Alles schien möglich an einem solchen Ort.

Inzwischen bin ich fünfundzwanzig, lebe selbst in London und fahre jeden Tag dieselbe Strecke mit der U-Bahn. Doch heute als Erwachsene verbinde ich nur Langeweile, tägliche Routine und Ärger damit. Und es macht mich traurig, dass ich meine kindliche Liebe zur sogenannten *Tube,* die Begeisterung über die Geschwindigkeit und das Fahrgeräusch so vollkommen verloren habe. Mit mir fahren immer dieselben Leute zur Arbeit, und wie ich warten sie an der ewiggleichen Stelle auf dem Bahnsteig, damit sie schneller zu ihrem Lieblingsplatz in ihrem bevorzugten Waggon kommen. Ich weiß, an welchen Stellen auf meiner Linie oft das Signal ausfällt und die U-Bahn fünf Minuten lang ohne jede Vorwarnung oder Erklärung in einem Tunnel steckenbleibt. Ich kenne die Streckenteile, an denen die Bahn plötzlich abwärtsrattert oder einen abrupten Schwenk zur Seite macht. Insgesamt ist es ein vorhersehbarer, von der Technik beherrschter Ort: Niemals hätte ich vermutet, dass ich hier die intensivste und sexuell erregendste Erfahrung meines Lebens machen würde.

Es geschah mitten im Sommer, an einem dieser Abende, an denen es um neun Uhr noch hell ist. Ich war erst um zehn aus der Arbeit gekommen, und als ich endlich die U-Bahn erreichte, fand ich den Bahnsteig fast verlassen vor. Der Hochbetrieb zur Feierabendzeit war schon vorbei, und es war noch zu früh für die Nachteulen, die aus den Kneipen geworfen wurden. Der Waggon war leer, und kaum war ich eingestiegen, klappte ich alle Fenster auf. Der nach Kohle und Schmutz stinkende Fahrtwind blies hindurch und trocknete sanft den Schweiß, der sich auf meinen Lippen und in den Kuhlen meines Schlüsselbeins gesammelt hatte. Ich streckte die Arme in die Höhe und genoss die kühlende Brise auf meiner heißen Haut. Dann ließ ich mich auf eine der harten, mit kratzigem Kunstplüsch bezogenen Bänke fallen und versuchte, mich zu entspannen. Es war mir schon öfter aufgefallen, dass die leichten Vibrationen der Bahn eine sanfte Massagewirkung auf meinen Körper hatten. Ich schaute mich zweimal um, ob mich jemand sehen konnte, dann schlug ich die Beine übereinander und bewegte mich ein wenig vor und zurück, um das Gefühl zu verstärken. Hören Sie, es war heiß, ich war geil, und ich hatte seit Ewigkeiten keinen Sex mehr gehabt. Ein Mädchen muss sich den kleinen Kitzel eben da holen, wo er zu kriegen ist, nicht? Ich schloss die Augen, drückte die Oberschenkel zusammen und spürte, wie das Blut in meine Möse schoss. Überraschend schnell wurde aus der leichten Erregung ein ziemlich drängendes Verlangen. *Ich könnte mir hier einen runterholen,* dachte ich, während die Bahn immer weiterratterte und meinen Körper auf sehr angenehme Weise durchschüttelte. *Ich muss nur die Hand in meinen Slip stecken und ein wenig nachhelfen, dann komme ich mitten in der U-Bahn.*

Kaum war mir der Gedanke gekommen, wusste ich auch schon, dass ich es tun würde. Ich bin normalerweise nicht so verwegen, und öffentliches Masturbieren war sicherlich nie mein Ding gewesen, aber etwas kam über mich an diesem Abend – vielleicht eine Art Mittsommer-Verrücktheit. Ich überprüfte noch einmal unauffällig den gesamten Waggon und warf zwei schnelle Blicke in die beiden Waggons vor und hinter meinem. Ich wollte absolut sichergehen, dass mich niemand sehen konnte. Zum Glück war nirgends eine Menschenseele zu entdecken.

Es war ein heißer Sommertag gewesen, und ich hatte ein

leichtes weißes Baumwollkleid mit Nackenträger an. Mit zitternden Fingern zog ich den Rock hoch, wobei ich zuerst die Knie entblößte, dann meine Oberschenkel und schließlich das winzige Dreieck aus rosa Baumwolle – mein Slip, der schon Flecken hatte, weil ich so feucht war. Mein Körper schaukelte im Rhythmus der gleichmäßig ruckelnden Bahn, die mich unaufhörlich mit weichen Stößen stimulierte. Mein Kleid kräuselte sich in der Brise, die durch den Waggon wehte, und der Stoff umflatterte meine Brüste. Im harschen Licht der Neonröhren konnte ich mein Spiegelbild genau erkennen: Meine Wangen hatten vor Hitze und Erregung einen rosa Farbton angenommen, und meine großen spitzen Nippel zeichneten sich deutlich unter meinem BH ab. Ich fuhr am Spitzensaum meines Slips entlang, ließ den Zeigefinger zwischen den Baumwollstoff und meine Haut gleiten und tastete mich bis zu meiner Klitoris vor. Mein Finger berührte die zitternde Perle, und ich stöhnte laut auf vor Lust. Doch schon nach wenigen Sekunden verwandelte sich die Lust in Enttäuschung, weil die rhythmischen Bewegungen des Waggons langsamer wurden und die U-Bahn abbremste. Wir näherten uns der nächsten Station. Ich zog die Hand aus meiner Unterhose und schlug wieder ein Bein übers andere. Dabei betete ich innerlich, dass niemand in diesen Waggon einstieg und mir den Spaß verdarb.

Doch als wir den U-Bahnhof erreichten, gingen die Türen auf, und ein einsamer Mann kam herein. Ich war so angetörnt, dass ich vor lauter Enttäuschung fast heiße Tränen geweint hätte. Verdammt, dachte ich. Das war also das Ende meiner kleinen Masturbationsszene. Der Fremde, der meine Phantasie so abrupt unterbrochen hatte, setzte sich nur wenige Meter von mir entfernt auf eine Bank. Gerade so weit entfernt, dass ich mich nicht bedroht fühlte, aber doch nahe genug, dass ich ihn mir genauer ansehen konnte. Für einen

Moment roch ich sein Rasierwasser. Ich erkannte den berauschenden moschusartigen Geruch sofort – es war ein Kölnischwasser, das ich schon immer gemocht hatte. Obwohl es ein klassisches Designerparfüm war, roch es für mich immer nach Sex.

Der Mann war groß, mindestens eins fünfundneunzig, und gut gebaut. Seine dunkelblonden Haare waren verwuschelt, an den Schläfen hatte die Sonne sie zu einem blassen Goldton gebleicht. Er war sicher nicht älter als fünfundzwanzig, doch auf seiner Stirn hatte sich eine steile Falte eingegraben. Seine Augen waren strahlend blau, und sein Schmollmund erinnerte mich an Brad Pitt. Es waren die einzigen weichen und verletzlichen Züge in dem ansonsten eher kantigen Gesicht. Auf der unrasierten Haut über seinem Mund hatten sich Schweißtröpfchen gebildet, und sein weißes T-Shirt war durchgeschwitzt. Als er sich auf den Sitz fallen ließ, spreizte er die schlanken Beine in den steifen dunkelblauen Jeans weit auseinander. An den Füßen trug er neue, rot-weiße Turnschuhe, und mir fiel auf, wie groß seine Füße waren. Automatisch fragte ich mich, ob der Rest von ihm ähnliche Ausmaße vorzuweisen hatte.

Ich biss mir auf die Lippe und konzentrierte mich auf den Bericht, den ich am nächsten Morgen schreiben musste. Zwanghaft schaute ich auf die Werbeposter in der U-Bahn, in der Hoffnung, dass die Anzeigen für Autoversicherungen und gegen Kopfläuse das heiße Begehren dämpfen würden, das ich zwischen meinen Schenkeln entfacht hatte. Ich hätte eigentlich gedacht, dass die Anwesenheit eines mir vollkommen Fremden meine kleine Phantasie beenden und mich wieder zu Verstand bringen würde. Doch weit gefehlt. Seine Anwesenheit machte mich nur noch geiler. Es war viel schlimmer, einem Mann so nah zu sein und ihn nicht haben zu können, als wenn gar kein Mann in der Nähe gewesen wäre.

Die Bahn fuhr wieder los. Als wir von dem dunklen Tunnel der *Tube* geschluckt wurden, überprüfte ich wieder mein Spiegelbild. Mein Gesicht war immer noch rot, meine harten, aufrechten Nippel zeichneten sich ab und – o nein! –, mir wurde klar, dass ich zwar meine Hand aus dem Slip genommen, dabei aber den Rock nicht wieder sittsam hinuntergezogen hatte. Meine Oberschenkel und der Zwickel meines Slips waren wie auf dem Präsentierteller zur Schau gestellt. Ich blickte unauffällig in das Gesicht des Mannes, das sich ebenfalls in der Fensterscheibe spiegelte. Hatte er meine offenherzige Haltung und meine Erregung überhaupt bemerkt?

Ja, denn er starrte wie gebannt auf die Stelle zwischen meinen Schenkeln, wandte jedoch sofort den Blick ab, als er sah, dass ich sein Spiegelbild im Auge hatte. Offensichtlich gefiel ihm, was er erblickt hatte. Er manövrierte ungeschickt mit den langen Beinen, in dem Versuch, seinen beginnenden Ständer zu verheimlichen. Beim Gedanken an seinen Schwanz stockte mir der Atem, und ich keuchte, als unsere Blicke sich für einen Moment in der Fensterscheibe trafen. Ich fuhr herum, um ihn direkt anzusehen, doch bevor ich Blickkontakt aufnehmen konnte, schaute er schon weg. Seine Wangen glühten, und er versuchte weiter verzweifelt, seine Erektion zu verstecken. Doch inzwischen war die Beule zwischen seinen Beinen zu groß, um noch irgendetwas zu vertuschen. Sein Schwanz war sichtlich lang und kräftig gebaut, genau wie sein Besitzer.

Beim Gedanken an diesen erigierten Schwanz wurde irgendwo in mir ein Schalter umgelegt – das war der Moment, in dem ich mich auf diese verrückte Sache einließ. Obwohl ich genau wusste, dass er mich beobachtete, schloss ich die Augen und ließ die Beine auseinanderfallen. Mit der Hand fuhr ich mir zwischen die Schenkel und rieb mit dem Zeigefinger über die Naht, wobei ich durch den Baumwollstoff des Slips sanft meine Klit streichelte. Meine Finger glitten immer wieder vor und zurück, vor und zurück, im Takt mit der auf- und abschaukelnden Bahn. Die Bewegungen meiner Hand waren sanft und kaum spürbar, doch sie hatten genau die gegenteilige Wirkung auf mich. Meine Möse schwoll an und wurde feucht, als sie sich auf das vorbereitete, was noch kommen sollte.

Dann hörte ich das unverkennbare Geräusch eines Reißverschlusses, der geöffnet wird. Ich fand, wenn er seinen Schwanz schon herausnahm, dann war es auch in Ordnung, dass ich ihm dabei zuschaute. Also öffnete ich die Augen und drehte den Kopf zu ihm. Er war gerade dabei, den Bund seiner Unterhose nach unten zu streifen, und ein wunderschöner rosa Schwanz kam zum Vorschein. Er streichelte ihn im Rhythmus der U-Bahn, im Rhythmus meiner Handbewegungen, bis die dunkelviolette Spitze seines Schwanzes aus der Vorhaut drang und eine harte, massive Erektion stolz zwischen seinen Schenkeln emporragte.

Ich starrte mit weitaufgerissenen Augen und halboffenem Mund auf seinen Schwanz. Dann blickte ich in sein Gesicht. Wir lächelten uns schüchtern an. Er sah zu, wie ich den Slip zur Seite schob und meine Klit mit kreisenden, massierenden Berührungen direkt stimulierte. Ich war eine Expertin auf diesem Gebiet – manchmal bin ich mir selbst die liebste Loverin. Gleichzeitig war ich wie gebannt vom Anblick seiner linken Hand, die den zuckenden Schwanz umfasst hatte und mit festen, weichen Bewegungen auf- und abfuhr. Er imitierte den Rhythmus meiner Berührungen, auf und ab, vor und zurück. Das Blut pulsierte so heftig in meiner Möse und meiner Klitoris, dass mein ganzer Körper prickelte. Ich saß wie auf Nadeln, meine Beine kribbelten, alle Gliedmaßen meines Körpers fühlten sich an wie Wackelpudding. Ich stand

Sekunden vor dem vielleicht intensivsten Orgasmus meines Lebens.

Doch das Schicksal – oder die Londoner Verkehrsbetriebe – mischte sich ein, bevor ich zum Ende kommen konnte. Die Bahn ruckelte ein letztes Mal, dann hielten wir mitten auf der Strecke. Die U-Bahn kommt immer in diesem Abschnitt der Linie zum Halt – es hat irgendwas mit den Signalen zu tun –, doch mein Reisegefährte fuhr die Strecke offenbar nicht oft, denn er blickte sich erstaunt um. Der Zeitpunkt war genau richtig. Er wichste mit Hingabe, und seine Augen hatten einen glasigen Ausdruck angenommen. Ich war mir sicher, wäre er nicht just in diesem Moment durch das abrupte Anhalten der Bahn unterbrochen worden, dann hätte es kaum mehr dreißig Sekunden gedauert, und er wäre mitten im Waggon gekommen.

Als mir das klar wurde, beschloss ich, dass ich jedes Recht hatte, genauso mutig wie er zu sein. Allein schon die Vorstellung, wie er vor mir – wegen mir – hier ejakulierte, machte mich total an. Aber eines wusste ich genau: Dieser Ständer war zu schade für bloßes Onanieren zu zweit. Ich wollte daran beteiligt sein, wenn er kam. Er saß immer noch zitternd und vor Lust wie festgefroren auf der Bank.

Also ergriff ich die Initiative und erhob mich. Ich nahm die Finger von meiner pochenden Möse, worauf mir das Kleid über die Oberschenkel fiel und meinen Slip verdeckte. Nur meine geröteten Wangen und die sich unter dem Stoff abzeichnenden Brustwarzen verrieten, dass ich nicht vollkommen unschuldig auf der Bank gesessen hatte. Ich ging zu ihm hinüber, und bei jedem Schritt rieben meine geschwollenen Schamlippen aneinander, was meinen erregten Zustand nur noch verschlimmerte. Ein lüsterner Schmerzenslaut kam mir über die Lippen, die Tortur war so süß, so erregend, wie ich es noch nie in meinem Leben empfunden hatte.

Als ich vor ihm stand, roch ich den frischen Schweiß, der sich mit seinem Rasierwasser mischte. Der männliche, antörnende Geruch ließ meine Geilheit auf eine ganz neue Ebene hochschießen – aus der quälenden Tortur wurde ein absolut unerträglicher Zustand. Wir schauten uns ein paar Momente lang an und lächelten, während uns zugleich todernst zumute war. Jemand begann mit einer atemlosen, rauen Stimme zu sprechen. Mir wurde klar, dass ich es war, die da sprach.

»Ich gehe normalerweise nicht einfach so auf wildfremde Männer zu«, hörte ich mich sagen. »Aber die Sache ist die: Ich will dich – nein, ich *muss* dich in mir haben. Zufällig weiß ich, dass die Bahn hier mindestens anderthalb Minuten stehen bleibt. Und ich muss dich einfach haben – und zwar *jetzt.*«

»Also dann«, sagte er, und ein schüchternes, sexy Lächeln leuchtete in seinem kantigen Gesicht auf, »lass uns keine Zeit mehr verschwenden.« Damit zog er mich am Saum meines Rocks zu sich, ließ seine Hände unter den Stoff gleiten, tastete nach meinem Baumwollslip und streifte ihn schnell über meinen Po. Er legte kurz einen Finger auf meine Klitoris und ließ ihn dann in meine Möse gleiten. Als er die Hand wieder wegnahm, hielt er sie an seine Nase und atmete mit geschlossenen Augen ein. »Du bist wirklich scharf auf mich«, sagte er und hatte seine Stimme kaum mehr unter Kontrolle. »Du bist so verdammt scharf auf mich.«

Anstatt einer Antwort stellte ich mich über seinen Schoß und spreizte die Beine. Dann zog ich den Rock hoch, damit er sich meine Möse genau anschauen konnte. Ich wollte, dass er sie in ihrer ganzen Pracht sah. Ich ließ mich auf seine zitternde Schwanzspitze niedersinken, drückte die runde Eichel ein paar Momente gegen meine Schamlippen und verharrte, bis wir beide es nicht länger aushielten – was nicht mal zwei Sekunden dauerte. Ich setzte mich auf ihn, und sein dicker fester Ständer dehnte meinen Schlitz. Er öffnete mich, drang in mich ein und füllte mich vollständig aus. Endlich bekam ich das, auf was ich die ganze Zeit so wahnsinnig scharf gewesen war. Ich stieß meine Möse nach unten, ließ mich mit meinem ganzen Gewicht auf seinen Schwanz fallen und verschluckte ihn bis zur Wurzel. Ich wollte den erregenden Kick der ersten Penetration gleich noch einmal spüren, deshalb stemmte ich mich hoch und hielt mein Gewicht auf den Schenkeln, bis sein Schwanz wieder fast aus mir herausglitt. Daraufhin ließ ich mich mit aller Kraft wieder nach unten fallen, so dass er schnell und hart in mich stieß. Mit den Knien landete ich auf dem kratzigen Stoffbezug der Sitzbank, doch in diesem Moment spürte ich das nicht. Jedes Mal, wenn ich mich auf seinen Ständer senkte, kam er mir noch ein bisschen größer vor. Das volle, befriedigende Gefühl in meiner Möse brachte mich immer näher zum Orgasmus.

Mit einer Hand stützte ich mich an seiner Schulter ab, mit der anderen am Fenster, wo ich feuchte Fingerabdrücke auf dem Glas hinterließ. Aus dem Augenwinkel sah ich unser Spiegelbild: Mitten in der U-Bahn saß eine Frau, die ich kaum erkannte, auf dem Schoß eines Mannes und vögelte ihn.

Seine Hände kneteten meinen Po, er verabreichte mir ab und zu einen kleinen Klaps und bewegte meine Hüften auf seinem Schwanz auf und ab. Meine Titten hingen direkt vor seinem Gesicht. Da wir nicht genug Zeit hatten, um den Nackenträger zu lösen und das Kleid von meinen Brüsten zu streifen, leckte und biss er meine Nippel durch den dünnen Baumwollstoff hindurch. Sein Mund war gierig und fast brutal, aber ich wollte auch, dass er fest zubiss. Was in meiner Möse vor sich ging, war so intensiv, dass ich sonst die lustvollen Empfindungen in meinen Titten gar nicht wahrgenommen hätte.

»Ich komme gleich«, sagte er mit fast schmerzhaft verzogenem Gesicht. »Ich komme gleich in dir.«

»Ich will, dass du kommst«, flüsterte ich völlig außer Atem zurück. »Aber warte noch eine Sekunde. Dann wird es richtig gut, das versprech ich dir.«

Er presste die Augen zusammen, und sein ganzer Körper verkrampfte sich, als er versuchte, den Orgasmus zurückzuhalten. Aber diesen Kampf konnte er einfach nicht gewinnen.

»Ich kann nicht mehr ...«, wimmerte er. »Ich komme ... o Gott, es fühlt sich so verdammt gut an, ich kann nicht ...«

Gerade noch rechtzeitig erwachte die Bahn mit einem dröhnenden Ruckeln wieder zum Leben. Wir spürten es beide. Und genau darauf hatte ich gewartet. Die Erschütterung des anlaufenden Motors setzte sich im gesamten Waggon fort, die Bank unter uns bebte und ruckte. Die antörnenden Vibrationen erfassten seine Beine, seinen Schwanz, sie durchzuckten meine Klit und lösten meinen Höhepunkt aus: Ich kam auf seinem Ständer. Meine Möse zog sich um ihn zusammen, gab ihn wieder frei, verkrampfte sich erneut und saugte seinen Orgasmus aus ihm. Es fühlte sich so gut an, dass ich schwach und weich wurde, während ich mich vollkommen meiner Lust hingab. Nach und nach legten sich die erregenden Wellen, die durch meinen Körper pulsierten, und ich vergrub den Kopf an seiner Brust. Mein Schweiß mischte sich mit seinem, und es dauerte eine ganze Weile, bis wir uns wieder beide erholten.

Doch wir hatten keine Zeit, uns lange in den Armen zu halten. Der Fahrer kündigte an, dass wir gleich die nächste Station erreichen würden – die Station, an der ich aussteigen musste. Ich erhob mich von seinem Schoß und genoss noch ein letztes Mal das Gefühl, wie sein Schwanz aus meiner malträtierten und empfindlichen, aber rundum befriedigten Möse glitt. Dann zog ich meinen Slip aus, der feucht war von meinen Säften, und wischte damit das Sperma ab, das aus mir heraustropfte. Da ich diesen Mann nie wiedersehen würde, warf ich ihm den Slip zu – als Abschiedsgeschenk.

Ich fuhr mir mit der Hand durchs Haar und strich mein Kleid glatt. Als sich die Türen mit einem seufzenden Geräusch öffneten und ich auf den verlassenen Bahnsteig trat, sah ich aus wie eine ganz normale junge Frau an einem ganz normalen Tag – eine der Millionen von Büroangestellten, die millionenmal mit der Tube fahren.

Ich ließ ihn in dem leeren Waggon sitzen. Seine Erektion ging langsam zurück, auf seinen Jeans war ein bisschen Sperma verschmiert. Er lachte vor sich hin, als könne er nicht glauben, was gerade geschehen war. Und mir ging es genauso, doch sein Geruch haftete noch an mir und blieb mir lange in der Nase. Meine Liebesaffäre mit der U-Bahn hatte definitiv wieder Feuer gefangen.

Ich glaube nicht, dass ich ihm jemals wieder begegnen werde. Er sah nicht so aus, als würde er regelmäßig mit der U-Bahn zur Arbeit fahren. Doch das hält mich nicht davon ab, während des Feierabendverkehrs in den Menschenmassen nach seinem Gesicht zu suchen. Und es ändert auch nichts an der Tatsache, dass mich jedes Mal eine übermächtige Welle der Lust erfasst, sobald ich neben einem männlichen Fahrgast zu stehen komme, der ein ganz bestimmtes Rasierwasser benutzt.

Verwählt

Wer behauptet eigentlich, dass man mit jemandem im selben Zimmer sein muss, um super Sex mit ihm zu haben?

Das Telefon klingelte um 3.30 Uhr in der Früh. Es war er, das wusste ich genau. Wer sonst sollte mich um diese Zeit anrufen? Ich setzte mich auf und war sofort hellwach. Die Satinbettwäsche glitt über meine Haut, trotz der Kühle der Nacht war ich heiß und verschwitzt. Hatte ich etwa von ihm geträumt? Ich griff nach meinem Handy und öffnete es, meine Lippen berührten das Mikrophon.

»Sag etwas«, forderte ich ihn auf, noch bevor er Hallo gesagt hatte. »Sag mir, was ich tun soll.«

»Zieh deine Kleider aus«, knurrte er in diesem tiefen, maskulinen Ton, den ich von allen Lauten auf der Welt am liebsten hörte. Seine Stimme war heiser wie die des Marlboro-Mannes, und schon ihr rauer Klang allein törnte mich so an, dass es eigentlich zweitrangig war, was er sagte. Seine Stimme war wie eine Hand, die meine Möse streichelte.

»Ich bin schon nackt«, keuchte ich und schaute an meinem Körper hinunter. Im Mondlicht konnte ich erkennen, wie meine Titten anwuchsen und sich hoben in Erwartung dessen, was diese erotische Stimme mir gleich am Telefon sagen würde. »Ich wusste, dass du anrufst. Frag mich nicht, woher, aber ich hab's gewusst. Ich habe auf dich gewartet. Ich habe mich auf deinen Anruf vorbereitet.«

»Setz die Freisprechanlage auf. Heute Nacht brauchst du deine Hände«, sagte er, und ich spürte, wie es in meiner Klitoris zu kribbeln begann. Ich suchte in der Schublade meines Nachtischchens nach dem Handy-Kopfhörer und steckte ihn mir hinters Ohr. Dann legte ich mich zurück aufs Kissen und wartete auf weitere Instruktionen.

»Steck deine Finger in den Mund und leck sie ab. Schön einen nach dem anderen«, sagte die Stimme in der Dunkelheit. Ich tat, wie mir geheißen. Immer, wenn ich einen Finger zwischen den Lippen aus dem Mund zog, entstand ein leises Geräusch, wie von einem Kuss. Das wiederholte ich zehnmal. Dabei konnte ich hören, wie am anderen Ende der Leitung eine Gürtelschnalle geöffnet und ein Hosenladen aufgezogen wurde. Diese Geräusche törnten mich wahnsinnig an. Ich stellte mir seinen Schwanz vor, der so weit entfernt war und doch von den Gedanken an mich beherrscht wurde. Ich stellte mir vor, wie er beim Klang meiner Stimme und bei dem Gedanken daran, dass mein Körper auf die Instruktionen seines Besitzers reagierte, immer größer und steifer wurde. Es fühlte sich unglaublich gut an, und die Vorstellung erregte mich so heftig, dass die ersten Tröpfchen aus mir flossen und einen winzigen, feuchten Fleck auf dem Leintuch hinterließen.

»Mal jetzt Kreise auf deinen Titten. Berühr deine Nippel nicht, fahr nur darum herum.« Ich tat, was er verlangte, und eine wonnige Lust schoss durch meine Brustwarzen, die sich durch mein erregendes Streicheln aufgerichtet hatten.

»Sag mir, wie es sich anfühlt. Was passiert mit deinen Titten?«

»Es fühlt sich super an«, sagte ich. »Meine Nippel sind total hart. Hart und hellrot, wie zwei Erdbeeren. So riesig waren sie noch nie. Aber ich halt's nicht mehr aus, ich muss sie jetzt anfassen. Ich kann echt nicht mehr!«

»Steck deine Finger noch einmal in den Mund, und nimm dann den rechten Nippel zwischen Zeigefinger und Daumen. Stell dir vor, dass ich an deinem Busen sauge, wie ein Baby. Kneif richtig rein. Je fester du drückst, desto steifer und härter wird mein Schwanz.«

Ich berührte meine rechte Brustwarze und gab mich ein paar Sekunden ganz dem wonnevollen, befriedigenden Gefühl hin. Doch dann wurde der Schmerz zu heftig, und ich schrie auf. »Au, das ist zu hart!«, brüllte ich in den Hörer. »Ich kann es nicht mehr aushalten! Es fühlt sich zu gut an.«

»Schieb deine rechte Hand unter dich«, sagte er. »Ich will, dass du so lange darauf liegen bleibst, bis sie taub wird.«

Das war etwas Neues, so etwas hatte er noch nie verlangt. Und es war auch ein bisschen sonderbar, so dass meine Erregung für einen Moment abflaute. Doch zum Teufel – ich musste ihm einfach nur vertrauen. Ich steckte die rechte Hand unter meinen Po und drückte mein ganzes Körpergewicht darauf. Und obwohl er mir diese Anweisung nicht gegeben hatte, schob ich zu meinem eigenen lustvollen Vergnügen den Daumenknöchel zwischen meine Pobacken und formte so einen kleinen Buttplug, der bei jeder Bewegung angenehm erregend über diese geheime, empfindliche Stelle glitt. Am anderen Ende der Leitung waren seine Atemgeräusche zu hören. Das erregte mich so sehr, als könnte ich seinen heißen Atem direkt in meinem Nacken spüren.

»Jetzt fahr mit der linken Hand über deinen ganzen Körper und streichle deine Titten und deinen Bauch. Aber berühr dich nur ganz leicht, wie mit einer Feder.«

»He, das kitzelt!«, stöhnte ich in die Freisprechanlage. »Mir fährt es kalt über den Rücken, wenn du das machst.«

»Kommst du an deine Nachttischschublade, ohne dass du die Hand herausziehen musst?«, fragte er.

»Ja«, antwortete ich und wurde richtig aufgeregt. Wenn er wollte, dass ich mir etwas aus der Schublade holte, konnte das nur eines bedeuten.

»Hol deinen Rabbit«, sagte er. Mit der freien Hand hatte ich den Rabbit in Sekundenschnelle gefunden. Es war ein wunderbares Sexspielzeug – ein Vibrator der gehobenen Preisklasse in grellem Pink mit kleinen, rotierenden Karnickelohren, die meine Klitoris von allen Seiten bearbeiteten. Der breite, massige Schaft war in Form und Größe dem perfektesten Schwanz der Welt nachgebildet und mit winzigen, massierenden Perlen gefüllt, die in der Möse rotierten, so dass ich von außen wie von innen befriedigt wurde.

»Schalte ihn an und halt ihn ans Telefon. Ich möchte ihn hören«, sagte er. »Dann kann ich mir vorstellen, wie er in dir steckt.« Ich schaltete ihn an und stellte die Perlenrotation und die Vibration auf die höchste Stufe. Dann hielt ich den Rabbit ans Handy.

»Ja, super«, sagte er. »Das hört sich gut an. Wirklich gut. Und jetzt, wo das Ding an ist, will ich, dass du es dir reinschiebst. Bist du schon feucht genug?« Er spuckte sich in die Hände, als Gleitmittel für seinen Schwanz, wenn er mit ihm spielte. Ich stellte mir seinen Ständer vor, hart und groß wie der Vibrator, den ich in der Hand hielt, und malte mir aus, wie er immer steifer wurde.

»Ich bin total feucht«, sagte ich, und es war die reine Wahrheit. Ich brauchte nur seine Stimme zu hören, und schon regten sich die Säfte in meiner Möse. Dann noch der Gedanke an den Rabbit – und schon tropfte ich förmlich aufs Leintuch. Ich komme fast beim bloßen *Anblick* des Vibrators. Denn wenn er bei unseren Sexspielchen dabei ist, weiß ich genau, dass ich garantiert einen Spitzenorgasmus bekomme.

»Steck ihn dir rein«, sagte er. »Mach ganz langsam. Ich möchte es hören.«

Ich spreizte die Beine und drang mit dem vibrierenden Dildo Zentimeter um Zentimeter in meine Möse. »Jetzt schiebe ich ihn mir rein«, hauchte ich. »Die Spitze steckt zwischen meinen Schamlippen. Jetzt ist er zur Hälfte in meiner Möse verschwunden. Er ist drin. Er steckt ganz in mir! Jetzt ficke ich mich damit.«

Als ich das Spielzeug noch tiefer in meine Möse stieß, wurde das brummende Geräusch von meinem Körper abgedämpft. Ich wusste, dass es ihn anmachte, wenn er hören konnte, wie das Surren leiser und lauter wurde, je nachdem, ob ich den Vibrator in mein Loch stieß oder ihn herauszog. Dieses Hörvergnügen konnte ich ihm nicht vorenthalten, deshalb bewegte ich den Rabbit in meiner Möse hin und her und ließ ihn mal leiser, mal lauter brummen. Das Stöhnen am anderen Ende der Leitung ließ keinen Zweifel daran, dass ich mit meinem kleinen Trick genau ins Schwarze getroffen hatte. Während das Spielzeug in mir rotierte und die Perlen mich innen massierten, spürte ich, wie sich die Wände meiner Möse zusammenzogen. Nicht mehr lange, und ich würde kommen. Der Eingang meiner Möse, direkt da, wo sich mein G-Punkt befindet, war heiß und fast unerträglich empfindlich.

»Hör auf, dich zu ficken«, sagte er. »Schalt jetzt den Klitoris-Reizer an, aber nur auf kleinster Stufe.« Ich liebte seine exakten Anweisungen. Es war, als würde er über jeden Zentimeter meiner Haut streichen und Koordinaten der Stellen aufnehmen, an denen mein Körper am heftigsten reagierte, um meine erogenen Zonen mit seinen Worten festhalten zu können. Ich drückte auf einen anderen Knopf, und die kleinen Karnickelohren fingen an, leise zu summen. Weicher Gummi strich über die Seiten meiner Klitoris. Die Wirkung zeigte sich sofort, wie nach einem elektrischen Schlag: Schockwellen der Lust rasten durch meinen ganzen Körper. In den kurzen Augenblicken, in denen ich laut ein- und wieder ausatmete, damit er mich hören konnte, waren meine Möse und meine Klit zum Zentrum des Universums geworden. Ich konzentrierte alle meine Energie auf diese Körperregion, damit, wenn die zusammengeballte Erregung und Lust schließlich freigesetzt wurden, mein Orgasmus mich komplett überwältigte. Doch ich musste aufpassen: Wenn diese kleinen Gumminoppen erst einmal loslegten, konnte ich innerhalb von Sekunden kommen.

»Ich muss dich vorwarnen, ich komme bald«, sagte ich. »Ich explodiere wirklich gleich. Ist dein Schwanz hart? Ich will zusammen mit dir kommen.«

»Reiß dich noch einen Moment zusammen. Ich habe noch eine Anweisung für dich«, stieß er keuchend hervor. Ein klatschendes Geräusch war durch die Leitung zu hören – seine Hand, die sich an seinem Schwanz zu schaffen machte. Das rhythmische Klatschen wurde immer schneller. »Zieh jetzt deine Hand unter dir heraus«, sagte er. »Ist sie taub?« Sie war wirklich vollkommen gefühllos, und ich sagte ihm, dass ich die Hand nicht mehr spüren konnte.

»Gut«, erwiderte er mit zitternder Stimme, als hätte er Probleme, die Worte herauszubringen. »Also, nimm jetzt diese Hand und spiel wieder mit deinen Titten. Stell dir dabei vor, dass es *meine* Hand ist. Schließ deine Augen. Du streichelst dich nicht selbst. Ich bin es, der dich berührt, der *dich* anmacht.«

Ich bewegte die gefühllose Hand über meine Brust. Weil sie taub war, fühlte es sich tatsächlich so an, als würde mich mein Lover berühren, als wäre es die Hand von einem anderen Menschen. Das Gefühl war so echt, dass Phantasie und Realität ineinanderflossen. Einen sexvernebelten, verrückten

Augenblick lang fragte ich mich tatsächlich, ob er nicht hier bei mir im Zimmer war. Dann nahm ich die harschen Atemgeräusche aus dem Kopfhörer wahr, und ich erinnerte mich wieder daran, dass ich nur Telefonsex hatte. Ich wartete auf seine letzte Anweisung.

»Okay«, sagte er. »Schalt alles auf die höchste Stufe.« Mit der Linken drückte ich die Knöpfe. Das vibrierende Brummen des Klit-Reizers verstärkte sich, und die Perlen rotierten in Warp-Geschwindigkeit. Sie massierten das Innere meiner Möse und streichelten meinen G-Punkt. Es dauerte nur wenige Sekunden, und die heißen Wellen eines überwältigenden Orgasmus brachen über mir zusammen. Ich vergaß alles, hörte nur noch das Stöhnen an meinem Ohr und spürte meine Möse und meine Klitoris. Dabei wurden meine Lippen schlaff, mein Blick glasig – das Zimmer um mich wurde erst unscharf und dann wieder scharf.

»Sag mir, wie es sich anfühlt.« Seine Stimme war laut, bedrängte mich. Doch ich war kaum in der Lage, Worte zu formen.

»Super ... so gut ... oooooooooooooooooooooooh«, brachte ich gerade noch über die Lippen.

Der heftige Orgasmus zog sich über mindestens zehn Sekunden hin: ein, zwei, drei, vier, fünf, sechs überwältigende krampfartige Stöße schüttelten meinen Körper, und ich schrie auf, stöhnte laut und wortlos meine Ekstase ins Handy. Mit Gewalt zog ich den Rabbit aus mir heraus, weil ich keine weitere Stimulation aushalten konnte. Meine Möse war heiß, dunkelrot geschwollen und vollkommen befriedigt.

Ich blieb am Telefon und feuerte ihn an, während er auf seinen Höhepunkt zusteuerte. Er schrie immer wieder »O Gott, ja ... ja ...«, und ich wusste, dass er direkt nach mir seinen Orgasmus haben würde. Dann war es still am Telefon, sechs Sekunden lang, wie immer, kurz bevor er kam. Ich liebte diese Augenblicke, in denen die Zeit stillzustehen schien. Ich stellte mir sein Gesicht vor, wenn er den Moment erreichte, in dem sich der Orgasmus nicht mehr zurückhalten ließ, der Moment, in dem seine Eier endlich all das Sperma loswurden und die Wichse in einem heißen weißen Strahl quer durchs Zimmer spritzte. *Er kommt wegen dir*, dachte ich dabei. Als er kam, sagte er ein letztes Mal: »Gott, *ja*«, und das mit einer so tiefen, rauen Stimme, dass mich Schauer überliefen. Ich wartete noch ein paar Momente ab, bis er wieder auf den Boden der Realität zurückkehrte.

»Bitte«, sagte er, und seine Stimme hatte wieder einen normalen Tonfall angenommen. Er war nun nicht mehr mein persönlicher Sexgott, sondern nur ein x-beliebiger Mann am anderen Ende der Leitung. »Bitte sag mir, wer du bist. Wann können wir uns endlich treffen?«

Ich gab ihm keine Antwort, sondern drückte wie immer auf die Aus-Taste des Handys. Wozu noch Smalltalk, wenn wir beide unseren Orgasmus gehabt hatten? Er war schließlich nicht hier. Warum also Zeit mit postorgiastischen Höflichkeiten verschwenden?

Ich schlüpfte unter die Satinbettdecke, obwohl ich genau wusste, dass es noch Stunden dauern würde, bis sich mein pochendes Herz beruhigt hatte und ich einschlafen konnte. Mir gingen tausenderlei Gedanken durch den Kopf. Ich dachte an den Abend vor sechs Monaten, als ein Typ sich verwählt hatte und bei mir am Handy gelandet war. Etwas in seiner Stimme hatte mich daran gehindert, das Gespräch abzubrechen, und ich hatte angefangen, mit ihm zu flirten.

Sehen Sie, ich habe den besten Sex meines Lebens mit diesem Mann. Es wäre wirklich eine Schande, das alles aufs Spiel zu setzen, nur um ihm einmal im wirklichen Leben zu begegnen.

Der magische Sexshop

Schon immer war ich der Überzeugung, dass Sexshops etwas Magisches an sich haben. Wenn man durch die Tür schreitet, betritt man eine andere Welt, in der Dinge, die man sich nie hätte träumen lassen, auf einmal Wirklichkeit werden. Es ist, als würde man hinter der Rückwand des großen Wandschranks ein Narnia für Erwachsene entdecken. Oder hinter der hohen Mauer einen geheimen Garten vorfinden, in dem die großen Kinder spielen dürfen.

Sogar sehr schüchterne Kunden können in der Atmosphäre dieser erotischen Boutiquen alle ihre Hemmungen überwinden. Das Leben der Frau, von der diese Geschichte handelt, veränderte sich für immer, als sie das erste Mal den Fuß in einen Sexshop setzte.

Ich war siebenundzwanzig, als ich das erste Mal einen Sexshop betrat. Kommt Ihnen das zu alt vor? Mir schon. Meine Freundinnen erzählten immer von diesem Vibrator und jenem Strapon, von Augenbinden, Spanking-Paddeln, Dildos und der ganzen lustvollen Palette von Sexspielzeug, mit dem sie wieder Feuer in ihre Schlafzimmer brachten. Wenn sie ihre Ansichten über den neuesten Hightech-Vibrator austauschten oder sich über eine scharfe Porno-DVD unterhielten, nickte ich und kicherte mit ihnen mit, ohne wirklich zu wissen, von was sie eigentlich sprachen. In Wahrheit traute ich mir auf sexuellem Gebiet nicht besonders viel zu. Ich wusste gar nicht, wie ich es angehen sollte, wenn ich ein Sexspielzeug hätte kaufen wollen. Wie sollte ich entscheiden, welches Toy für mich das Richtige war? Freunde erzählten mir, dass man einfach die Leute fragte, die im Sexshop arbeiteten, aber dazu fehlte mir der Mut. Ich war zu schüchtern. Himmel, ich wurde ja schon rot im Gesicht und brachte kaum ein Wort heraus, wenn ich einen Pullover bei Marks and Spencer umtauschen wollte. Auf keinen Fall könnte ich ein cooles und in Sexdingen bewandertes Mädchen an der Kasse eines Sexshops fragen, mit welchem Spielzeug ich wohl am ehesten einen Orgasmus bekommen würde.

Denn das war mein anderes Geheimnis: Ich hatte noch nie einen Orgasmus gehabt. Oder, eigentlich war ich mir nicht ganz sicher. Es heißt immer, wenn man einen gehabt hat, dann weiß man es. Aber ich wusste nicht, wie ich diese warmen, übersprudelnden Empfindungen deuten sollte, wenn ich mich nachts im Bett berührte oder mit meinen Freunden herummachte. Ich spürte Dinge, die mir vielversprechend erschienen, mich aber nicht befriedigten und auch nichts von den Feuerwerkskörpern und Orchestercrescendos hatten, mit denen Orgasmen überall beschrieben wurden. Alle meine Frauenillustrierten waren sich einig, dass jede Frau mit einem Vibrator garantiert zu ebenso einem Feuerwerk kommen könnte. Also beschloss ich, mir einen zu kaufen. Ich wollte endlich herausfinden, was es mit dem ganzen Theater eigentlich auf sich hatte. Doch immer, wenn ich an einem Erotikladen vorbeikam, fand ich tausend Entschuldigungen, um doch nicht hineinzugehen: Ich hatte zu viel zu tun, war zu müde. Irgendwie kam es einfach nie dazu, dass ich mir einen Vibrator zulegte.

Das alles hatte sich an einem Samstagnachmittag im letzten April geändert. Beim Einkaufsbummel hatte ich einen kleinen, etwas versteckten Laden in den Kellerräumen einer viktorianischen Stadtvilla entdeckt. Auf einem rosa Schild stand in silbernen Buchstaben der Name »Miss Kiss«. Er wirkte diskret und feminin. Im Fenster standen kurvenreiche Schaufensterpuppen, die märchenhafte Dessous zur Schau stellten und diamantenbesetzte Lederpeitschen schwangen. Ganz offensichtlich verkaufte der Laden mehr als nur hübsche Schlüpfer und Büstenhalter. Aus alter Gewohnheit machte ich auf dem Absatz kehrt und ging weiter. Doch als ich noch einen letzten Blick über die Schulter warf, erschien mir der Vorhang aus rosa Perlen so einladend, und der Laden strahlte eine ungemein freundliche Atmosphäre aus, ganz so, als könne man sich hier einfach mal mit Freundinnen zum Shoppen treffen. *Teufel noch mal,* dachte ich, *jetzt oder nie. Ein besserer Zeitpunkt findet sich nicht.* Und bevor mein Kopf Gelegenheit hatte, es mir wieder auszureden, trugen meine Füße mich schon die schmiedeeiserne Treppe hinunter.

Ich stand vor der Tür, schob den Vorhang zur Seite und betrat eine andere Welt. Die linke Seite des Ladens bestand aus Regalen, die bis unter die Decke reichten und mit exquisiter Spitzenwäsche gefüllt waren. Und zwar nicht die billige, kratzige Sorte, die ich erwartet hatte, sondern pastellfarbene Dessous aus Chiffon und mit Bändern neben Outfits in dramatischem Schwarz-Rot, die mich an Varietévorstellungen erinnerten. Rechts befanden sich Bücher und Filme, und durch einen Torbogen gelangte man in eine weitere Abteilung im Hinterzimmer, in dem eine umfangreiche Auswahl an Sexspielzeug zum Verkauf angeboten wurde. An der Rückwand stand ein großer Dildo aus Chrom, der wie eine Skulptur beleuchtet war.

Ich war nicht die einzige Kundin. Frauen, die so normal aussahen wie ich, spazierten im Laden herum, als wären sie in einem Supermarkt. Sie blätterten in expliziten pornographischen Romanen oder schauten Erotik-DVDs durch. Das Mädchen hinter der Kasse begrüßte mich mit einem freundlichen Hallo, ansonsten nahm niemand Kenntnis von mir. Zumindest schien sich niemand darüber zu wundern, was eine Frau wie ich an so einem Ort zu suchen hatte.

Ich wusste nicht, wo ich anfangen sollte, deshalb ging ich erst einmal zu den Regalen mit der Reizwäsche. Es war der einzige Teil des Ladens, in dem ich mich nicht ganz auf unbekanntem Terrain fühlte. Ich nahm ein paar Dessous, die mir besonders gefielen: ein Babydoll-Minikleid aus Chiffon in einem zartrosa Pastellton und eine Corsage aus glänzender türkiser Seide. Natürlich würde ich solche Reizwäsche nie im Leben ernsthaft kaufen und anziehen, doch ich fühlte mich gleich wohler, als ich etwas mit mir herumtragen konnte. Mehr wie eine richtige Kundin.

Ich schaute mir die Filme und Magazine in den Auslagen an und wurde bombardiert von Bildern von Frauen, die offensichtlich schon eine Menge Orgasmen erlebt hatten. Es war aufregend, aber auch ein wenig einschüchternd, all diese nackten Körper in den unterschiedlichsten Positionen und Kombinationen zu sehen.

Als Nächstes verbrachte ich einige Minuten in dem kleinen niedrigen Raum, in dem das Sexspielzeug untergebracht war. Aladdins Lasterhöhle war nichts gegen die pure sinnliche Lust der hier zur Schau gestellten Toys. Glitzernde Plastikdildos in den schrillsten Farben standen neben naturgetreuen, hautfarbenen Dildos, die so groß waren, dass keiner meiner bisherigen Freunde mithalten konnte. Es gab Schwänze aus Chrom und silberne Schäfte, Dildos mit zwei Enden und falsche Penisse aus Leder. Manche Dildos hatten kleine Noppen, so groß wie Maiskörner; es gab welche, die mit Batterien betrieben wurden, andere kamen ohne Batterien aus. Und dann gab es noch welche, an denen – und ich schwindele Ihnen hier nichts vor – Massen von Kabeln hingen. Eigentlich hätte ich mich wie ein Kind im Süßwarenladen an diesem ganzen Spielzeug erfreuen sollen, stattdessen machte sich ein Gefühl von verwirrter Panik in mir breit.

»Kann ich Ihnen helfen?«, hörte ich da eine Stimme hinter mir. Es war die junge Frau von der Kasse. Sie hatte etwa mein Alter und sah mit ihren feuerwehrrot gefärbten Haaren wie ein süßer, frecher Kobold aus. Schüchternheit war für sie offensichtlich ein absolutes Fremdwort, denn sie wirkte, als sei sie bereits als sexuell selbstbewusste Frau auf die Welt gekommen. Doch obwohl sie sehr freundlich war, konnte ich mich ihr einfach nicht anvertrauen. Also tat ich, was ich in solchen Situationen immer tat: Ich machte einen Rückzieher.

»Ich … also, ich würde gerne das da anprobieren«, sagte ich und zeigte auf die Kleidungsstücke in meinem Arm.

»Aber klar doch«, erwiderte die Verkäuferin. »Die Ankleiden sind oben, da drüben die Treppe hoch.« Sie deutete auf einen winzigen Durchgang an der Rückwand des Ladens. Ich trat wieder durch einen Perlenvorhang und ging eine Treppe hoch, die von Lichterketten mit winzigen Lämpchen beleuchtet wurde. Sie führte zu zwei kleinen, aber opulent ausgestatteten Ankleidekabinen. Hinter den mit Satinstoff überzogenen Türen befanden sich rote Plüschbänke und bodenlange Spiegel mit vergoldeten Rahmen.

Ich war froh, dass ich allein war, zog meine Klamotten aus und probierte das Mini-Babydoll an. Mit kritischem Blick betrachtete ich mich von allen Seiten. Das Dessous schmeichelte meiner Figur, das musste ich zugeben. Der eingenähte BH schob meine kleinen Brüste hoch, so dass sie abstanden und rund und prall aussahen. Der knappe, mit Marabu-Federn besetzte Rock bedeckte gerade mal meinen Po, was meine langen, schlanken Beine wunderbar zur Geltung brachte. Ich sah zuckersüß aus, aber das reichte mir nicht. Es war mir nie schwergefallen, auf Baby Spice zu machen, doch ich war schließlich hier, weil ich meine innere Sexgöttin freisetzen wollte.

Ich hängte das hübsche Teil zurück auf den gepolsterten Bügel und nahm die türkisfarbene Corsage in die Hand. Man konnte sie kaum nur als bloßes Kleidungsstück bezeichnen, eher schon als ein Kunstwerk. Sie war mit verschlungenen, exotischen Mustern aus winzigen Drachen und Flammen bestickt, die einander über den Seidenstoff zu jagen schienen. Je nachdem, wie das Licht auf das Material fiel, schimmerte es blau, smaragdgrün oder sogar golden. Ich hielt es mir vor den Oberkörper, und die Farbe ließ meine grünen Augen aufleuchten. Das Korsett wurde mit einem schwarzen Seidenband geschnürt, das hinten durch die beiden Reihen mit Ösen gezogen und dann oben zugebunden wurde. Zumindest nahm ich an, dass es so funktionieren sollte. Ich hielt die Luft an, als ich die Corsage überstreifte, doch ich kapierte nicht einmal, welches Ende nach oben und welches nach unten gehörte. Bald hatte ich mich vollkommen in den schwarzen Bändern verstrickt, wurde ungeduldig und kam mir nur noch dämlich vor.

»Soll ich Ihnen dabei zur Hand gehen?«, fragte eine weibliche Stimme von außerhalb der Kabine. »Ich helfe Ihnen gerne, die Corsage anzulegen.« Ich brach in Panik aus: Ich stand total nackt in der Ankleidekabine, dazu noch verschwitzt und ziemlich durcheinander. Dennoch riss ich mich zusammen und versuchte mich ruhig und erwachsen zu verhalten. *Was soll's,* dachte ich, *sie arbeitet hier. Wahrscheinlich hat sie schon viel peinlicheren Leuten beim Anziehen geholfen. Und sicher bekommt sie jeden Tag Dutzende von Titten zu sehen.* Der Gedanke beruhigte mich, und obwohl es für mich wirklich nicht selbstverständlich war, ließ ich sie herein, als sei nichts dabei.

Es war eine andere Verkäuferin, eine zierliche, skandinavisch aussehende Frau mit blassblauen Augen. Ihre weißblonden Haare waren zu einem langen Zopf geflochten, den sie sich um den Kopf geschlungen hatte. Ihre Klamotten hätte ich normalerweise als Sexshop-Verkäuferinnen-Outfit oder Fetischkleidung bezeichnet: ein schwarzes Korsett, klotzige Plateaustiefel aus schwarzem Leder mit Silberbeschlägen an den Spitzen, Fischnetz-Strumpfhose und ein knapp sitzender Schottenrock. Allerdings hatte sie kaum Make-up aufgelegt und sah trotz ihres aggressiven Outfits süß und verletzlich aus.

»Ich bin Alice«, sagte sie forsch, als befänden wir uns in einer beliebigen Ankleidekabine in einem ganz normalen Geschäft in der Fußgängerzone. Als wäre es ganz normal, dass ich nackt dastand und gleich von einer mir vollkommen Fremden in ein Korsett geschnürt wurde. »Lassen Sie mich mal ran.« Ihre Aussprache war perfekt bis auf einen ganz leichten Akzent, den ich nicht einordnen konnte. Vielleicht kam sie aus Schweden.

Ohne zu zögern, drehte sie mich um, so dass ich mich selbst im Spiegel anschauen konnte. »Arme hoch!«, sagte sie. Ich gehorchte und hob die Arme über den Kopf. Sofort kam ich mir schutzlos und ausgeliefert vor, und gleichzeitig war ich verwirrt, weil es kein unangenehmes Gefühl war, ganz im Gegenteil … Alice legte mir die Corsage an, wobei sie mit den Armen um meine Taille griff.

»Sie haben sich deshalb so verheddert«, erklärte sie, als sie die schwarzen Seidenbänder mit ihren geschickten, schmalen Fingern einfädelte, »weil Sie das hier für eine ganz *normale* Corsage gehalten haben.« Während sie sprach, spürte ich, wie sich die Stäbe des Korsetts eng um meinen Oberkörper schlossen, meine Taille einschnürten und mir ins Fleisch drückten. »Die Brüste sollen eigentlich *auf* dem Korsett sitzen, so dass die Nippel zu sehen sind. So nämlich«, sagte sie, und ehe ich sie daran hindern konnte, hatte sie schon zuerst meine linke und dann meine rechte Brust angehoben und so platziert, dass sie über dem Rand der Corsage zu liegen kamen. Anfänglich waren Alices Berührungen noch zügig und neutral gewesen, doch nun wurden sie sanfter. Sie legte beide Brüste in die eingenähten Körbchen und strich mir dabei zärtlich wie eine Liebhaberin über die Nippel, um sich zu vergewissern, dass sie knapp über den oberen Saum des Korsetts hervorlugten. Die Brustwarzen zeichneten sich über der verstärkten steifen Seide ab, doch meine Nippel sind so blassrosa, dass man sie normalerweise kaum wahrnehmen würde. Allerdings merkte ich mit einem Mal, wie sie unter Alices schmalen, weichen Fingern hart wurden, was mir ziemlich peinlich war.

Da sagte Alice: »Sie haben außergewöhnlich schöne Brüste.«

Meine Erfahrungen mit Sexshops mochten beschränkt sein, doch mir war klar, dass solche überschwänglichen Komplimente nicht jeder Kundin gemacht wurden. Ich wollte, dass sie weiterredete, denn mein Körper schien sofort zu neuem Leben zu erwachen, und ein Schauder lief mir über den Rücken. Ich wollte, dass sie über jeden Teil von mir redete, jedes Fleckchen meiner Haut erweckte, indem sie es mit ihrer seltsam singenden Stimme beschrieb.

»Und diese Farbe steht Ihnen wirklich wahnsinnig gut. Ihre Haut wirkt zart wie Porzellan, und das Türkis bringt Ihre Augenfarbe unglaublich zur Geltung.« Auch Alices Augen leuchteten auf. »Ich habe etwas, was perfekt dazu passen würde!« Und bevor ich noch etwas einwenden konnte, war sie schon aus der Kabine verschwunden und hastete die Treppe hinunter in den Laden.

Während ich auf sie wartete, bewunderte ich mich im Spiegel. Ich musste zugeben, dass Alice recht hatte. Ich sah wirklich scharf aus! Bisher hatte ich mich nie für sexy und begehrenswert gehalten. Diese Vorstellung nun gab mir ein Selbstvertrauen, das ich nie in mir vermutet hätte. Meine Brüste sahen großartig aus, und in dem Korsett schien meine Taille – die normalerweise nicht zu meinen körperlichen Vorzügen gehört – wespenschmal zu sein. Ich stellte mich in Positur und faltete die Arme, so dass meine Brüste sich hoben und noch praller wirkten. Dann wurde ich mutiger, spreizte die Beine und beugte mich nach vorn, um mein Hinterteil zur Schau zu stellen. Ich betrachtete meinen kleinen weißen Po und fragte mich, ob er Alice wohl gefallen würde. Und obwohl mich niemand berührte, breitete sich dieses kribbelnde Gefühl wieder in meinem Körper aus, von dem ich dachte, dass es vielleicht ein Orgasmus sein könnte. Es war viel intensiver als sonst, und irgendwie wusste ich, dass es kein Orgasmus war, aber vielleicht der erste Schritt auf dem Weg zu einem.

Ich weiß nicht, wie lange mich Alice im Spiegel beobachtet hatte, doch als ich mich umdrehte, stand sie in der Tür und starrte mich aus ihren großen blauen Augen an. Ihr Mund war leicht geöffnet, und ihre Lippen glänzten feucht. Sie hielt einige Seidenslips und eine Tragetasche mit dem Logo von Miss Kiss in der Hand.

»Hör nicht auf«, flüsterte sie mit einer Stimme, die heiser geworden war. »Du siehst bezaubernd aus.«

»Nein, wirklich, ich habe nur ein bisschen rumgespielt, es ist nämlich so, dass …«, fing ich an zu protestieren, doch bevor ich den Satz zu Ende bringen konnte, stand Alice schon in der Ankleidekabine, stellte die Tasche auf den Boden und schloss die Tür hinter sich.

»Probier den mal an.« Sie reichte mir einen schmalen Slip aus dem gleichen schimmernden Seidenstoff wie die Corsage. Er wurde an den Seiten ebenfalls mit einem schwarzen Seidenband geschnürt.

»Lass mich das machen«, sagte sie, beugte sich nach unten und hielt mir den Slip hin, damit ich hineinsteigen konnte. Ihr Gesicht war direkt vor meiner Möse, und ich konnte ihren warmen Atem spüren, als würde sie mich dort streicheln. Die Empfindung war wie Zündpapier, mit dem ein kleines, glühend heißes Feuer entfacht wurde, das zwischen meinen Beinen zu lodern begann. Noch nie hatte ich so etwas gefühlt, trotzdem wusste ich ohne jeden Zweifel, was das für eine Empfindung war – reine Begierde, ein machvolles, unwiderstehliches, überwältigendes Verlangen. Ob Alice wohl die Hitze spürte, die ich ausstrahlte? Merkte sie, wie geil ich war?

Falls sie Bescheid wusste, dann tat sie auf jeden Fall alles, um mich noch geiler zu machen. Während sie das Höschen hochstreifte, ließ sie die Hände über meine Schienbeine gleiten, dann über die Vorderseite meiner Oberschenkel hinauf bis zu meinem Becken, wo sie es zurechtzog. Wieder waren ihre Berührungen sehr sanft, und sie ließ sich viel Zeit. Mich zu streicheln schien ihr großes Vergnügen zu bereiten. Ich dagegen konnte nicht genug bekommen von dem Gefühl ihrer Hände auf meiner Haut. Alice erhob sich und berührte mich erst an den Hüften, wo sie den Stoff der Corsage glattstrich, dann schwebten ihre Finger mit einer federleichten Berührung über meinen Nippeln. Ihr Gesicht war nur wenige Zentimeter von meinem entfernt, und ich spürte, dass sie Sex mit mir haben wollte. Aber konnte sie auch erkennen, wie sehr ich sie begehrte?

»Schau dich nur einmal an. Du bist wunderschön«, sagte sie und wandte sich zum Spiegel.

Wow! So umwerfend hatte ich wirklich noch nie ausgesehen, aber das lag nicht nur an der erotischen Reizwäsche. Ich hatte rote Flecken auf den Wangen, meine Lippen wirkten dunkler und größer als sonst, meine Brüste hoben und senkten sich, und in meinen Augen lag ein Blick, der vollkommen neu für mich war. Alice stand jetzt hinter mir und schaute mir über die Schulter. Sie hatte wieder die Rolle der Verkäuferin eingenommen, löste das Korsett noch einmal und schnürte es dann enger.

»Im vorletzten Jahrhundert hätte man dich so eng geschnürt, dass dir keine Luft zum Atmen mehr geblieben wäre. Es geht um eine betonte Übertreibung der Silhouette des weiblichen Körpers, der ja an sich schon schön geformt ist. Na ja, deiner ist auf jeden Fall wirklich schön«, sagte sie und ließ ihren Blick an meinem Körper auf- und abgleiten. »Siehst du, wie die Corsage deine Hüften formt und deine Titten stützt?« Ihre Hände verharrten über den Partien meines Körpers, von denen sie gerade sprach, doch dann erstarrte die Hand, die meine linke Brust umschmeichelt hatte, mitten in der Luft. Langsam und mit Bedacht legte Alice ihre Handfläche um meine Brust und … tat nichts. Absolut gar nichts. Doch das genügte. Es brauchte nicht mehr als das Gefühl ihrer heißen, zupackenden Hand an meiner Brust und die aufgeladene Spannung zwischen uns. Nie hätte ich gedacht, dass mein Nippel so hart werden könnte. Er lugte stramm zwischen Alices Fingern hervor, wie die Spitze eines Lippenstifts, der aus der Hülse geschoben wurde. Sie stand einfach nur bewegungslos da, als sei sie vollkommen fasziniert davon, wie mein Körper auf sie reagierte. Ich bin mir sicher, dass ich nur von der Berührung ihrer Hand hätte kommen können, wenn wir noch länger in dieser Haltung verharrt wären.

Doch wir blieben nicht still stehen. Was immer da gerade in mir zur Explosion kam, hatte etwas anderes im Sinn. Ich wandte mich zu Alice um. Sie war kleiner als ich, doch in ihren Plateaustiefeln hatte sie exakt meine Größe. Als wäre es das Normalste der Welt, beugte ich mich vor und küsste sie sanft auf die Lippen. Obwohl ich nie zuvor eine Frau geküsst hatte, fühlte ich mich lebendig und ungeheuer selbstsicher. Mit Männern war das nie so. Alice öffnete die Lippen und ließ zu, dass meine Zunge vorsichtig ihren Mund erkundete. Meinen Kuss erwiderte sie so zaghaft, dass es fast nicht zu spüren war. Aus Angst, dass ich zu weit gegangen sein könnte, trat ich einen Schritt zurück.

»Bitte entschuldige«, sagte ich. »Ich musste dich einfach küssen. So etwas ist mir noch nie passiert. Es tut mir leid, falls du wegen mir in Schwierigkeiten kommst, aber es fühlt sich toll an, wenn du …«

»Ich will dich auch«, sagte Alice und ließ den Blick hinunter zu meinen Brüsten gleiten. Dabei kitzelten mich ihre Wimpern an den Wangen. »Ich möchte nicht, dass du aufhörst. Seit wir damit angefangen haben, kann ich die Finger einfach nicht mehr von dir lassen.«

Alice zerrte an meinem Höschen und löste die Schleifen, die sie erst vor wenigen Augenblicken zugebunden hatte. Der Slip landete an meinen Knöcheln. Sie legte die Hände für einen Moment auf meinen Po, dann glitt sie mit einer Hand zwischen meine Arschbacken und steckte sie von hinten zwischen meine Beine, während sie die andere von vorn dazwischenschob. Sie fasste sich an den Händen und formte eine Schaukel für meine Möse, an der Stelle, wo gerade noch mein Slip gewesen war. Ihre Hände waren weich und warm, als sie sie gegen mich drückte, und ich spürte, wie Mösensaft aus meinem Schlitz auf ihre Haut tropfte.

»Du bist feucht«, sagte sie, löste ihre Finger voneinander und spreizte vorsichtig meine Schamlippen.

Ich wusste nicht, wie ich Alice mit Worten das Wohlgefühl hätte erklären können, und so zeigte ich ihr mit einem langen, zärtlichen Kuss, wie sehr ich sie begehrte. Ich steckte ihr die Zunge in den Mund, packte ihre volle Unterlippe mit den Zähnen und saugte daran, während sie ihre Zunge immer wieder über meine Lippen gleiten ließ. Mit geschickten Händen fand sie meine Klitoris. Sie spreizte ihre beiden Zeigefinger zu einem V, legte sie seitlich an meine geschwollene Knospe und rieb sie zärtlich. Die Wirkung war durchschlagend: Die Feuchtigkeit sammelte sich zwischen meinen Schenkeln und tröpfelte heraus, als mein Körper instinktiv versuchte, mit der lustvollen Behandlung Schritt zu halten.

Alice drückte sich heftig an mich und schob mich gegen den vergoldeten Spiegel. Das Glas an meinem Rücken war eiskalt, noch eine Empfindung, die mein armer, verwirrter, aber wahnsinnig erregter Körper verarbeiten musste. Vor Schreck schrie ich laut auf. Sie legte einen Finger auf meine Lippen und warnte mich mit einem »Psst«, leiser zu sein. Die anderen Kundinnen durften uns nicht hören.

Wir küssten uns noch einmal, und ich presste meine Titten gegen Alice. Durch den Netzstoff ihres Tops spürte ich ihre Brustwarzen – sie waren so hart wie meine. Mit zitternden Fingern schob ich das Top hoch. Es war eine vollkommen neue Erfahrung für mich, die Brüste einer anderen Frau zu berühren. Alices Titten waren klein und warm, und ihre Nippel drückten heiß und hart in meine Handflächen. Die straffe, junge Haut gab unter meiner Berührung nach, spannte sich aber sofort wieder, kaum nahm ich die Finger weg. Je fester ich ihre Brüste knetete, desto schneller streichelte sie meine Klitoris. Als sie ihre Hand wegziehen wollte, stöhnte ich auf, packte sie am Gelenk und wollte sie wieder zwischen meine Schenkel drücken. Ich konnte dieses lustvolle Gefühl nicht einfach so enden lassen – nicht jetzt, wo ich spürte, wie mein Körper immer drängender auf etwas Wunderbares zusteuerte.

»Keine Sorge. Das wird dir gefallen«, sagte Alice mit einem

koboldhaften Grinsen im Gesicht. »Ich möchte wissen, wie du schmeckst.« Mit diesen Worten ging sie in die Knie, drückte meine zitternden Beine auseinander und ließ ihre Zunge auf den Innenseiten meiner Schenkel kreisen. Nachdem sie eine Weile mit mir gespielt und mich heißgemacht hatte, vergrub sie ihr Gesicht tief in meiner Möse. Ihre Zunge schoss schnell wie ein lebhafter kleiner Fisch über meine Klitoris. So viele lustvolle Empfindungen durchfluteten mich, dass ich kaum wusste, wo die eine endete und die nächste begann.

Ich hielt es nicht mehr aus vor Geilheit. Vage spürte ich einen ersten Impuls, als würde im Nachbarhaus auf einer Basstrommel ein Rhythmus geschlagen, der mit jedem meiner Herzschläge lauter und schneller wurde. Ich berührte meine eigenen Brüste, knetete und massierte sie, wobei ich daran dachte, wie sich Alices kleine aufblühende Titten unter meinen Fingern angefühlt hatten. Ich schloss die Augen und stellte mir vor, sie würde mich anfassen.

Und dann spürte ich plötzlich ihre Zunge nicht mehr.

»Nein! Hör nicht auf«, bettelte ich. »Du kannst jetzt nicht aufhören! Bitte … Ich bin so nah dran … ich weiß es. Alice … du fühlst dich so gut an … bitte hör nicht auf.«

»Wer denkt denn ans Aufhören?« Ihr Gesicht glänzte, so feucht war ich. »Ich kann nicht aufhören. Du schmeckst viel zu gut. Ich kann in meinem Mund spüren, wie das Blut durch deine Möse pulsiert. Ich hör ganz bestimmt nicht auf, ich will die Sache nur noch ein bisschen interessanter machen.«

Alice griff in ihre Tragetasche und zog den glatten Chromdildo heraus, den ich mir unten im Laden angesehen hatte.

»Das erste Mal mit einer Frau ist etwas ganz Besonderes«, sagte Alice. »Aber es ist noch besser, wenn du beim Orgasmus etwas in dir hast.«

Sie wartete nicht auf meine Zustimmung, sondern schob

den Dildo einfach zwischen meine Beine. Er glitt problemlos in mich und verschwand in meiner tropfenden Möse. Die Kälte des Chroms erinnerte mich an den Moment, als ich mit dem Rücken den eisigen Spiegel berührt hatte. Die Wirkung war seltsam betäubend, als wäre das Innere meiner Möse eingeschlafen.

»Jetzt kannst du kommen«, sagte sie, und ihr blonder Kopf senkte sich wieder auf Höhe meiner Möse. Ich lehnte mich zurück und seufzte, als Alices Zunge sich endlich von neuem meiner Klitoris widmete. Mein Körper war so heiß, dass sich der falsche Schwanz schnell erwärmte, als sie ihn immer wieder in mich stieß und in meiner Möse kreisen ließ. Die Wellen der Lust, die seit einigen Minuten in meinem Körper aufbrandeten und abebbten, brachen nun ganz über mich herein. Ein paar Sekunden vor meinem ersten Orgasmus wurde mir klar, dass ich tatsächlich kommen würde: Mein Mund wurde trocken, die Kabine um mich herum verschwamm, und dann löste sich mit einem letzten Zungenschlag Alices die erregte Spannung in meiner Klitoris und toste durch meinen Körper. Die Lust schoss hoch und breitete sich in mir aus, als würde ein altmodischer Fächer geöffnet. Im Kino geben die Liebenden manchmal beim Höhepunkt einzelne Worte oder sogar ganze Sätze von sich. Ich kann mir nicht vorstellen, wie man in diesen Momenten überhaupt noch wissen kann, welche Sprache man spricht. Von meinen Lippen löste sich ein tierischer Laut, ein langgezogenes Stöhnen der Lust und Hingabe, als meine Möse pochte und zuckte und sich um den Dildo zusammenzog.

Okay, jetzt kann ich offiziell sagen, dass ich weiß, wie sich ein Orgasmus anfühlt, dachte ich.

Alice beobachtete mich, als ich allmählich wieder zu mir kam. Sie zog den Dildo aus meiner Möse und leckte ihn der Länge nach mit ihrer Zunge ab.

»Ich brauche nur so lange, und dann komme ich«, sagte sie und schnipste mit den Fingern, um mir zu zeigen, wie kurz es dauern würde. »Ich bin klatschnass, so scharf hast du mich gemacht. Aber ich brauche ein bisschen Unterstützung.«

Sie zog sich das Top über den Kopf. Einen BH trug sie nicht, und ihre Brüste lagen nackt vor mir. Sie sahen genauso aus, wie sie sich anfühlten: pfirsichweiche, cremeweiße, feste Titten mit leicht nach oben gerichteten Nippeln. Ich stürzte mich auf sie und saugte gierig daran. Ihre Brüste waren so klein, dass ich eine vollständig in den Mund nehmen konnte. Der Nippel kitzelte mich am Gaumen, als ich mit der Zunge die füllige Unterseite der Brust erkundete. Alice massierte inzwischen ihre eigene Klitoris mit der Spitze des Chromdildos, wobei ihre Hände sich schnell wie Kolibriflügel bewegten.

»Ooooooh«, hauchte sie. Sie zitterte am ganzen Körper, und ihre Brustwarzen bebten zwischen meinen Lippen. »Ooooh, das ist gut. Das fühlt sich so super an.«

Alice brauchte ein paar Sekunden, bis sie sich wieder im Griff hatte, dann nahm sie erneut die Rolle der Verkäuferin ein. »Ich meine, Sie sollten diese Corsage nehmen«, sagte sie und löste die Verschnürungen an meinem Rücken. Rasch zog sie noch die Seidenbänder zurecht, bevor sie mir das Dessous reichte. Sie küsste mich auf die Lippen und öffnete die Tür der Ankleidekabine.

»Wir sehen uns unten«, sagte sie und zwinkerte mir zu. »Verraten Sie niemandem, was wir hier getrieben haben.« Sie steckte den Dildo wieder in die Tragetasche und verließ, den Zeigefinger an den Lippen, den Raum. Ich ließ das Babydoll auf dem Kleiderbügel hängen, doch auf keinen Fall konnte ich ohne diese türkis-seidene Kombination den Laden verlassen. Immer, wenn ich danach diesen Stoff berührte – verdammt, was rede ich? Ich brauchte nur irgendwo diesen glänzenden türkis-goldenen Farbton zu sehen, und schon überkamen mich die machtvollen, erregenden Erinnerungen an das, was wir gerade getrieben hatten.

Ich zog mich an und ging nach unten in den Laden. In jedem Raum, in jeder Ecke suchte ich nach Alice, aber ich konnte sie nicht finden. Ziemlich verwirrt legte ich die Corsage und das Höschen auf den Verkaufstresen, hinter dem immer noch die rothaarige Verkäuferin stand. Wusste sie, dass ich gerade mit ihrer Kollegin gevögelt hatte? Falls sie es ahnte, verriet sie es jedenfalls mit keiner Miene.

»Eine gute Wahl«, sagte sie und wickelte meinen Einkauf in Seidenpapier.

»Danke«, antwortete ich automatisch und nahm all meinen Mut zusammen, um zu fragen, wo denn Alice sei. »Wir wollten hier unten noch etwas besprechen«, sagte ich als Erklärung, warum ich nach der Verkäuferin suchte. »Holt sie vielleicht gerade etwas aus dem Lager?«

»Wen meinen Sie?« Die Rothaarige war offensichtlich irritiert. »Ich bin heute allein im Laden. Wir haben keine zweite Verkäuferin, auch nicht oben bei den Ankleidekabinen.«

»Aber wer war ...?«, begann ich, doch ich fragte nicht weiter. Ich ging hinaus auf die Straße und versuchte einen klaren Gedanken zu fassen.

Ich habe nie erfahren, wer Alice war und wie sie bei mir in dieser Ankleidekabine gelandet war.

Vielleicht ist sie einfach jemand, die in Erotikläden nach naiven, jungen Frauen Ausschau hält, die sie verführen kann. Doch im Grunde ist mir das egal. Denn vielleicht war ich noch eine naive, junge Frau, als ich den Sexshop betreten hatte, aber als ich wieder herauskam, fühlte ich mich stark und selbstbewusst. Ich hatte etwas Neues und Faszinierendes über meine Sexualität erfahren und weiß nun genau, zu welch wundervollen Dingen mein Körper fähig ist. Wirklich, es wird Zeit, dass ich die Lektion weitergebe. Vielleicht sollte ich wieder einmal zu Miss Kiss gehen und oben bei den Ankleidekabinen warten, bis eine nervöse junge Kundin auftaucht, die meine Hilfe braucht …

Geile Schnalle

In meinem Leben gibt es zwei große Leidenschaften: Schuhe und Sex. Die beneidenswerte Frau in der folgenden Geschichte bekam beides auf einmal … Und ich bin immer noch auf der Suche nach diesem Mann!

Zu einer ersten Verabredung trifft man sich für gewöhnlich am Abend. Man geht zusammen essen oder in eine Bar auf einen Drink oder vielleicht in einen Club zum Tanzen. Mein erstes Treffen mit Nick fand dagegen früher am Tag statt. Er hatte vorgeschlagen, wir sollten uns an einem Samstagmorgen um elf Uhr an der U-Bahn-Station Bond Street treffen. Es war der erste Hinweis, dass er doch ein wenig … anders war.

Ich hatte Nick ein paar Wochen vor unserem ersten Date auf der Geburtstagsfeier eines gemeinsamen Freundes kennengelernt. Es war eine Verkleidungsparty gewesen, und ich hatte mich als römischer Zenturio ausstaffiert. Zu einem im Togastil geschnittenen Minikleid trug ich ein Paar goldener Schnürsandalen mit bronzefarbenen Lederbändern, die bis zu den Knien hoch gebunden wurden. Freundinnen hatten schon angedeutet, dass Leute mit bestimmten erotischen Vorlieben auf mein Outfit abfahren könnten, und Nicks Reaktion, als er mich sah, bestätigte das. Sein Blick glitt von oben nach unten über meinen Körper und blieb dann wie gebannt an den geschnürten Sandalen hängen. Intensiv starrte er auf meine Füße. Ich war nur froh, dass ich mir am Nachmittag noch eine teure Pediküre gegönnt hatte. An Männer, die nur Augen für meine Titten hatten, wenn sie mit mir redeten, war ich gewöhnt, aber dass mir nun meine eigenen Füße die Schau stahlen, war eine vollkommen neue Erfahrung.

Dabei mochte ich Nick vom ersten Moment an. Er war witzig, klug und hatte Geschmack – er hatte sich als Gentleman-Gangster im Armani-Anzug verkleidet. Das Outfit hatte wirklich Klasse. Mir gefiel auch seine kultivierte, aristokratisch klingende Stimme. Und er sah super aus, groß und schlank, mit hellbraunen Haaren, die ihm in die Augen fielen. Wir unterhielten uns den ganzen Abend, und als er mich zum Abschied um meine Telefonnummer bat, zögerte ich keinen Moment. Bevor er mich zum Taxi brachte, küsste er mich an der Tür – es war ein langer und einfühlsamer, aber trotzdem leidenschaftlicher Kuss, ein Versprechen auf all die wunderbaren Dinge, die so einem Kuss folgen konnten. Danach war ich absolut sicher, dass es die richtige Entscheidung gewesen war, ihm meine Nummer zu geben. Und ich freute mich auf unsere erste Verabredung.

Nun stand er vor mir in der U-Bahn-Station und sah einfach umwerfend aus in seinem grauen Kaschmirpullover und den Jeans von D&G. Ich hatte mich angesichts der Tageszeit nicht besonders in Schale geworfen, sondern eine tiefsitzende Jeans und ein Paar flache Schuhe übergestreift, dazu ein ärmelloses Top. Nick begrüßte mich wieder mit einem zärtlichen Kuss, der so viel mehr andeutete und versprach. Er nahm mich am Arm und führte mich weg von der Oxford Street in Richtung der exklusiven Boutiquen und Kaufhäuser an der Bond Street. Normalerweise betrete ich diese Läden selten, weil ich es mir nicht leisten kann, dort etwas zu kaufen.

»Ich möchte dir ein paar Kleider kaufen«, sagte er mit seinem Eliteschulen-Akzent. »Würde dir das gefallen?«

»Aber natürlich.« Ich war vollkommen begeistert davon, dass ich mich auf Kosten von Nicks Kreditkarte in Londons besten Läden einkleiden durfte. Wir schlenderten an Cartier, Tiffany und Gucci vorbei und blieben zunächst vor einem schicken kleinen Schuhgeschäft stehen. Im Schaufenster wurden wunderbar verarbeitete, mit Edelsteinen besetzte Sandalen und italienische Stöckelschuhe aus feinstem Leder angeboten.

»Zuerst müssen wir etwas anderes als diese furchtbaren flachen Schuhe für dich finden«, sagte er.

Ich schaute hinunter auf die abgewetzten Ballerinas an meinen Füßen. Es waren sicher nicht die erotischsten Schuhe der Welt, aber sie waren bequem, und ich liebte sie.

»Du hast so wunderhübsche Füße und Beine«, sagte Nick, wohl um die beleidigende Bemerkung etwas zurückzunehmen. »Das ist mir als Erstes an dir aufgefallen. Es ist fast schon eine Sünde, solche Füße in Schuhen zu verstecken, in denen sie niemand bewundern kann. Die ganze Welt sollte sie zu sehen kriegen.« Er zwinkerte mit den Augen und warf mir ein verschmitztes Lächeln zu. »Na ja, zumindest ich sollte sie sehen dürfen.« Damit zog er mich über die Schwelle in das Geschäft.

Während ich auf einer Bank in der Mitte des Ladens saß, streifte Nick durch die Regale und suchte Schuhe für mich aus. Die hübschen Schuhverkäuferinnen scharwenzelten dienstbeflissen um ihn herum, als würde er hier des Öfteren sein Geld lassen. Ein wenig seltsam fand ich es schon, dass Nick darauf bestand, die Schuhe selbst auszuwählen. Doch da er bezahlte, sollte er sich die Prachtstücke ruhig auch aussuchen.

Ich hatte die Ballerinas ausgezogen und wackelte mit den

Zehen, während ich wie Aschenputtel auf meine goldenen Schuhe wartete. Zu meiner Überraschung nahm Nick jedoch erst einen meiner Füße in den Schoß und streichelte ihn. Seine Hände waren glatt und sehr gepflegt. Er fuhr mit dem Daumen fest an der Innenseite meines Knöchels entlang und machte dabei kleine kreisende Bewegungen, bei denen mir ein angenehmer Schauder über den Rücken lief.

»In der Fußzonenreflexmassage«, sagte er so leise, dass ich mich vorbeugen musste, um ihn zu verstehen, »entspricht diese Stelle am Fuß direkt der Klitoris. Wenn ich den genauen Punkt finde und mit der richtigen Stärke lange genug darauf drücke, wird dich das wahnsinnig erregen. Du wirst so geil sein, dass du mich anflehen wirst, dich weiter dort zu berühren.«

Ich spürte, wie ich rot wurde. Keine Ahnung, ob wegen der Fußzonenreflexmassage oder vielleicht auch nur wegen der Nähe zu diesem gutaussehenden, klugen Mann. Gleichzeitig spürte ich ein heißes Prickeln an einer Stelle meines Körpers, die viel interessanter als mein Knöchel war. In meinen Jeans fing es an, leicht zu pochen – ein deutliches Signal, dass mein Körper sich auf Sex einstellte. In diesem Moment beugte sich Nick noch näher zu mir und küsste mich zum zweiten Mal an diesem Tag. Der Kuss war drängender und fester als zuvor. Nicks Finger drückten stärker auf meinen Fuß, als er mit der Zunge zwischen meine Lippen fuhr und sie in meinem Mund kreisen ließ. Dann schob er den Zeigefinger zwischen zwei meiner Zehen. An dieser Stelle hatte mich noch nie jemand gestreichelt, und die zärtliche Berührung war überraschend intim und erregend. Nick senkte den Kopf und platzierte einen Kuss auf meinen großen Zeh. In dem Moment klackerten Absätze auf dem Holzfußboden, und er richtete sich rasch wieder auf. Die Verkäuferinnen kamen aus dem Lager zurück.

Sie brachten uns zehn oder elf Schuhschachteln. In jeder befand sich ein Paar Schuhe, das Nick für mich persönlich ausgesucht hatte. Es waren keine flachen Schuhe dabei, was mich, ehrlich gesagt, nicht verwunderte. Nick hatte ausschließlich provozierende und unverschämt sexy Schuhe ausgesucht, alle mit abenteuerlich hohen Absätzen. Ich war aufgeregt wie ein Kind am Weihnachtsabend.

Das erste Paar waren rote Minnie-Mouse-Stöckelschuhe im Stil der Fünfziger mit einer Schleife auf den Spitzen. Kaum hatte ich sie übergestreift, räkelte sich das Sexkätzchen in mir und schnurrte. In diesen Schuhen legte ich mir gleich einen sexy Hüftschwung zu und zog einen Schmollmund wie ein Filmsternchen.

»Du gefällst mir darin«, sagte er. »Sie sind so kitschig, dass es schon wieder reizvoll ist. Wenn du sie möchtest, kannst du sie haben, aber es ist noch nicht ganz das, nach was ich suche. Für meinen Geschmack sieht man in diesen Schuhen zu wenig von deinen Füßen.«

Als Nächstes kam ein Paar Sandalen aus schwarzem Lackleder mit Riemchen, die kaum dicker als Spaghetti waren. Sie wurden etliche Male um meine Knöchel gewickelt und dann zu einer Schleife gebunden. Das Ergebnis war ziemlich gewagt, mit einer Spur von Bondage. Wieder änderte sich meine gesamte Körpersprache, so dass sie zu dieser Art Schuhe passte. Ich baute mich vor Nick auf, drückte die Hüften nach vorn und gab dabei die selbstsichere Dominatrix, die sich nichts gefallen ließ.

»Mmmmmm. Das ist schon besser«, sagte Nick. »So gefesselt sind deine Füße noch viel erotischer.« Er fuhr sich über die Lippen und war eindeutig erregt.

Angesichts der Wirkung, die diese Schuhe auf Nick hatten, wurde ich noch selbstbewusster, und das Pochen in meiner Möse verstärkte sich. Eine plötzliche Vision von uns beiden im Bett schoss mir durch den Kopf: Ich war nackt bis auf ein Paar Killer-Stilettos, und er wurde allein von dem Anblick so hart wie noch nie in seinem Leben.

Nick schien meine Gedanken zu lesen. »So möchte ich dich auf meinem Bett liegen sehen, mit nichts am Leib außer diesen Schuhen«, sagte er. Seine Augen nahmen einen dunklen, hungrigen und unglaublich aufregenden Ausdruck an. »Aber probier zuerst noch ein anderes Paar für mich.«

Er öffnete eine weitere Schachtel und nahm diamantenbesetzte Schnürsandalen heraus mit schwindelerregend hohen Acrylabsätzen, die scharf waren wie Eispickel. Es waren Schuhe, wie sie Stripperinnen und Callgirls tragen, Schuhe für eine Frau, die nirgendwohin gehen muss, sondern immer einen Mann an ihrer Seite hat, der das Taxi bezahlt. Ich legte meinen Fuß in Nicks Schoß, damit er die Schnallen schließen konnte. Während er mir in den linken Schuh half, tastete ich mit meinem rechten Fuß zwischen seinen Schenkeln. Mit den Zehenspitzen berührte ich erst seinen weichen Hodensack, dann fand ich seinen anschwellenden Schwanz. Ich drückte mit dem Fußballen dagegen. Nick schloss die Augen und gab einen leisen Laut von sich, den niemand außer mir hören konnte.

Sofort zog ich den Fuß wieder weg, um dieses Vergnügen möglichst lange hinauszuzögern, und stand auf. In diesen Schuhen wurde mir jede Kurve meines Körpers bewusst, unwillkürlich schob ich die Titten vor und drückte den Arsch nach hinten. Meine ganze Körperhaltung veränderte sich. Mir gefiel die Frau, in die ich mich auf diesen Schuhen verwandelte.

»Laufen kann ich in denen nicht.« Kichernd machte ich ein paar schwankende Schritte auf den spitzen Stilettos. »Mir wird schon ganz schwindlig hier oben.«

»Genau deshalb habe ich sie ausgesucht. Du sollst mir

nicht mehr entwischen können.« Es klang nur halb nach einem Witz. »Schau dir nur mal an, was du bei mir anrichtest«, sagte er, packte meine Hand und zog mich so ungestüm zu sich, dass ich fast umgeknickt wäre. Stolpernd fiel ich in seine Arme. »Schau dir an, was du und deine verfluchten sexy Schuhe bei mir anrichten«, sagte er noch einmal und drückte meine Hand gegen seine Genitalien. Seine Erektion war inzwischen deutlich zu spüren. »Kannst du fühlen, wie hart ich bin? Wenn du auch nur annähernd so nass bist, dann sollten wir diese Schuhe kaufen und damit zu mir nach Hause gehen.« Dass ein Mann mit einer solchen Entschlossenheit die Kontrolle übernahm, hatte ich noch nie erlebt. Meine Schamlippen wurden feucht, als wären seine Worte ein magischer Zauber, der meine Möse zum Tropfen brachte.

Nick reichte seine schwarze American-Express-Karte der jungen Verkäuferin. Die war wahrscheinlich froh, wenn diese beiden Kunden, die so offensichtlich scharf aufeinander waren, den Laden endlich wieder verließen. »Wir nehmen dieses Paar«, sagte er und zuckte nicht einmal mit der Wimper, als sie den stolzen Preis von siebenhundert Pfund in die Kasse tippte.

Jetzt gehörten die Schuhe mir. In ihnen besaß ich eine solch überwältigende sexuelle Ausstrahlung, dass ein Mann in aller Öffentlichkeit einen machtigen Stander bekam und innerhalb von Minuten eine ganze Monatsmiete für mich ausgab. In ihnen war ich eine Frau, deren Möse, und seltsamerweise auch Fußsohlen, pochten. Ich nahm das Geschenk mit einem einfachen »Danke« an und beugte mich nach unten, um sie auszuziehen. Dabei schwankte ich wie ein Giraffenbaby, das noch nicht richtig stehen gelernt hatte.

»Lass sie an«, sagte Nick und wandte sich an die Verkäuferin. »Packen Sie die alten Schuhe in die Schachtel. Sie behält die neuen gleich an.«

Wenige Augenblicke später standen wir vor dem Laden in der Bond Street. Nick zog mich halb vorwärts, halb trug er mich, während er mit der anderen Hand ein Taxi heranwinkte. In meinen neuen Schuhen war ich fast genauso groß wie er. Sein Schwanz war auf derselben Höhe wie meine Möse, als er mich für einen Kuss zu sich heranzog. Mit voller Absicht drückte ich meinen Körper fest gegen seine Erektion. Er sollte einen Vorgeschmack auf das bekommen, was wir zusammen treiben würden, sobald wir in seiner Wohnung waren.

Als ein Taxi neben uns am Straßenrand hielt, lösten wir uns voneinander und stiegen ein. Nick platzierte mich mit einer solchen Vorsicht auf den Rücksitz, als wäre ich eine zerbrechliche Porzellanpuppe. Dann setzte er sich auf die andere Seite und nahm meine Füße auf seinen Schoß. »Gott«, stöhnte er und streichelte meine Knöchel, »an dir werden diese Schuhe richtig lebendig. Ich kann's kaum abwarten, bis du sonst nichts mehr anhast.«

Füße waren für mich noch nie eine erogene Zone gewesen, aber als Nick nun meinen linken Fuß in die Hand nahm, ihn an seine Lippen brachte und küsste, durchzuckte mich eine solche Lust, wie ich sie noch nie erlebt hatte. Der Mund dieses Mannes vollbrachte Wunder an diesem geheimen, meist verborgenen Teil meines Körpers, und ich gab mich ganz der außergewöhnlichen Intimität der Erfahrung hin. Gebannt sah ich zu, wie meine pinklackierten Zehennägel in seinem Mund und unter seiner Zunge verschwanden. Nick stöhnte vor Lust und Begierde, und davon wurde ich so unglaublich feucht, als hätte er nicht meinen Fuß, sondern meine Klitoris zwischen den Lippen. Der Taxifahrer ignorierte uns diskret. Wahrscheinlich hatte er schon viel größere Schweinereien auf seinem Rücksitz gesehen.

Nick wohnte nicht weit vom West End entfernt. Sein

Apartment könnte man als Junggesellenwohnung mit Stil bezeichnen. Im Wohnzimmer stand ein großer Fernseher und eine Eckgarnitur aus Leder, an der Wand hing ein anderthalb Meter hoher Fotodruck eines nackten Models mit langen Stiefeln, die bis zu den Oberschenkeln gingen.

Mit schwankenden Bewegungen löste ich die Schnallen der Schuhe und stieg von ihnen herunter. Der Holzboden unter meinen Füßen gab mir ein Gefühl von Sicherheit, als käme ich von einem Segelausflug zurück aufs trockene Land. Nick war mit meinen Schuhen beschäftigt. Während er an ihnen roch, zog ich mir so schnell wie möglich das Top über den Kopf und streifte BH und Slip ab. Ich war so scharf darauf, endlich diese Frau in unserer gemeinsamen Phantasie zu werden – nackt bis auf ein Paar unverschämt teure Sandalen.

Ganz ruhig nahm ich Nick die Schuhe aus den Händen und hielt sie mir vor die Titten. Ich ließ die ledernen Schnürriemen über meinen Körper fallen, drückte die Stilettospitze in meine Haut und zeigte ihm den kleinen runden Abdruck, den der scharfe Absatz dort hinterlassen hatte. Dann stellte ich die Schuhe auf den Couchtisch, wo sie glitzerten wie die Kronjuwelen. Barfuß tappte ich zurück zu Nick, der schon dabei war, sich die Jeans über die Hüfte zu streifen. Ich schob seinen Pullover hoch und zog ihn ihm über den Kopf. Anschließend trat ich einen Schritt zurück. Unwillkürlich stöhnte ich auf vor Lust und Erregung: Seine Taille war wundervoll schmal, doch sein Körper war durchtrainiert und muskulös. Auf der Brust wuchs ein weiches Büschel hellbrauner Haare, und auch seine glatten, bleichen Hoden waren mit einem leichten Flaum bedeckt. Aus den gestutzten Schamhaaren ragte ein langer, massiver Ständer hervor. Ich war so feucht und erregt, dass ich am liebsten auf der Stelle mit ihm gevögelt hätte, doch zuerst musste ich noch mein »Kostüm« anlegen.

»Bitte«, sagte er mit einer Stimme wie ein kleiner Junge, »bitte zieh die Schuhe wieder an.«

»Noch nicht«, erwiderte ich und genoss, dass ich jetzt am Drücker war. Im Schuhgeschäft hatte Nick die Befehle gegeben, er hatte die Schuhe ausgewählt und mich ohne lange Umschweife ins Taxi verfrachtet. Er war der Gönner mit der Kreditkarte gewesen, doch jetzt hielt ich die Macht in den Händen – oder besser gesagt, *an* den Füßen.

Er saß am einen Ende der riesigen Ledercouch, ich am anderen. Wieder nahm er mein Bein und begann, mir den Fuß zu küssen. Er fiel mit Zähnen und Zunge förmlich darüber her und erkundete jeden Zentimeter von den Zehen bis zu der empfindlichen Stelle an meinem Knöchel, die angeblich meiner Klitoris entsprach.

Ich ließ die Füße auf seine Schultern gleiten und drückte sie nach hinten. Dabei öffnete ich die Beine, so dass mir mein eigener süßlicher Geruch in die Nase stieg und er meine feuchtglitzernde Möse sehen konnte. Er starrte direkt in mein Loch, und sein harter Schwanz zuckte und wippte. Ich überlegte, wie ich seine Erregung noch steigern könnte.

Langsam fuhr ich mit dem Fußballen seinen Brustkorb hinunter bis zum Nabel, dann machte ich mich an seinem Schwanz und seinen Eiern zu schaffen. Mit einem Fuß kitzelte ich sanft seinen Hodensack, mit dem anderen drückte ich gegen die empfindliche Stelle dahinter. Anschließend legte ich Fersen und Zehen zusammen, wölbte meine Fußsohlen und ließ diese Röhre seinen Schwanz hochgleiten. Das machte ihn so geil, dass er vor Lust laut aufschrie.

»Bitte hör auf.« Nick sah aus, als könne er den Orgasmus nicht mehr lange zurückhalten und jeden Moment kommen, deshalb schaltete ich einen Gang herunter. Das war der Zeitpunkt, an dem wir uns für eine Weile *meinem* Vergnügen widmen konnten.

Jetzt war ich dran. Ich nahm einen Schuh in die Hand und legte den silbernen Riemen über meine Möse. Mit der weichen Seite des Lederriemens rieb ich immer wieder über meine Muschi, so dass meine Schamlippen anschwollen und meine Klit bei jeder Berührung voller und noch empfindlicher wurde. Ich war nicht schüchtern – Nick sollte ruhig merken, was der Riemen mit mir anstellte. Ich stöhnte, warf den Kopf zurück, öffnete den Mund und rieb noch härter. Dabei ließ ich das Leder noch schneller vor- und zurückgleiten, so dass sich immer mehr Spannung in meinem Körper aufbaute.

Ich setzte mich auf, hielt Nick den anderen Schuh vors Gesicht und drückte ihm den Absatz zwischen die Lippen. Sofort saugte er daran und leckte ihn ab, und als er den Absatz für mich saubergemacht hatte, konnte ich ihn benutzen. Ich holte tief Luft, vergewisserte mich, dass Nick auch zusah, und schob dann diesen langen Plastikabsatz in mein Loch. Er fühlte sich kühl und glatt in mir an.

Während Nick wie gebannt auf meine Möse starrte, fickte ich mich hart und schnell mit dem Schuh. Immer wieder verschwand der Absatz ganz in mir und drückte dabei mit seinem breiten Ende meine Schamlippen auseinander. Ich führte Nick genau vor, wie er mich vögeln sollte – allerdings erst, wenn ich ihn ranließ.

»Nick, diese Schuhe fühlen sich so geil in mir an. Du kannst nicht verlangen, dass ich sie noch mal anziehen muss.«

»O Gott«, stöhnte Nick. »O Mann. *Bitte* …«

Ich zog den Schuh aus mir heraus und hielt ihn ins Licht. Er war über und über mit meinen Säften bedeckt und glänzte.

»Möchtest du, dass ich die Schuhe trage, die du mir gekauft hast, Nick?«, fragte ich. Sein Schwanz schien immer noch mehr anzuwachsen, je länger ich ihn hinhielt und anmachte. Ich war ganz kirre von der Macht, die ich über ihn hatte, und fast verrückt vor Lust. »Möchtest du, dass ich mir diese Sandalen an meine schönen Füße schnalle?«

Er nickte vage und sah mir mit offenem Mund zu, wie ich von der Couch sprang und mit langsamen Bewegungen wieder in meine tollen neuen Schuhe stieg. Während ich die erste Schnalle zumachte, stellte ich mich so, dass er meinen Arsch und meine Beine bewundern konnte. Beim zweiten Schuh drehte ich mich um, so dass er meine Titten sehen konnte, die direkt über meinen Füßen baumelten. Als ich mich aufrichtete, war ich etliche Zentimeter größer als sonst, total sexy und superfeminin. Ich war Wonder Woman.

Er lag auf seinem Sofa und konnte nicht aufhören zu wichsen, obwohl er krampfhaft versuchte, seinen Orgasmus zurückzuhalten. Sein Brustkorb hob und senkte sich, sein keuchender Atem wurde flacher und immer schneller.

»Du hast die Schuhe bezahlt. Sie fühlen sich echt gut an. Was soll ich mit ihnen machen?«

»Ich möchte, dass du mit ihnen auf mir läufst«, knurrte er heiser. »Auf meiner Wirbelsäule. Du kannst dir nicht vorstellen, wie gut sich das für mich anfühlt.«

Also stützte ich mich mit einer Hand an der Wand ab und stöckelte auf Nicks Rücken auf und ab. Da waren alte Narben, die aussahen, als hätte jemand mit einem scharfen Stiletto-Absatz die Haut aufgerissen, und mir wurde klar, dass Nick so etwas nicht zum ersten Mal machte. Aber das stachelte mich nur an. Ich wollte besser sein als die anderen Frauen, denen er schon vor mir Schuhe gekauft hatte.

Ich platzierte meine Füße seitlich von seinem Körper, und er drehte sich auf den Rücken. Während ich hoch über ihm stand, starrte ich auf sein schönes Gesicht und diesen gutgebauten Körper, der sich unter mir aufbäumte und zuckte. Es war Zeit, dass ich uns beiden Erlösung verschaffte: Ich ging in die Knie, hielt meine Möse ein paar Momente lang über seinem Ständer, und dann war er endlich in mir und befriedigte das schmerzhafte Sehnen zwischen meinen Beinen. Ich setzte mich aufrecht auf seine Erektion und vögelte ihn, so hart ich konnte.

Nick griff nach meinen Knöcheln und zog meine Füße hoch zu seinem Gesicht. Der Geruch des Schuhleders schien ihn wild zu machen. Er nahm meine Zehen in den Mund, leckte und saugte an meinen Knöcheln. Mit der einen Hand stützte ich mich ab, mit der anderen stimulierte ich meine Klit. Ich hielt sie zwischen Daumen und Zeigefinger, rieb sie sanft und machte kleine kreisförmige Bewegungen im Rhythmus von Nicks Stößen. Als ich ihm den Absatz des Schuhs um den Hals legte, drückte er die Hüften nach oben, und sein Schwanz stieß so hart und erregend in mich, dass es sich nur noch um Sekunden handeln konnte, bis ich kam. Er biss in die Innenseite meines Knöchels, und dann explodierten wir beide zugleich. Der Orgasmus begann in meiner Möse und schoss wie ein elektrischer Schlag hinunter bis zu meinen mit Edelsteinen geschmückten Zehenspitzen.

Wir lagen schweißgebadet auf der Ledercouch. Ich vergrub mein Gesicht in Nicks Schulter, doch er küsste weder meine Haare noch strich er mir über die Wange. Er starrte auf meine Füße, in Gedanken immer noch bei den Schuhen. Nach und nach normalisierte sich mein Puls und mein lustvernebeltes Gehirn konnte wieder klar denken. Ich begriff, dass Nick nicht wirklich mit mir gevögelt hatte, sondern mit den Schuhen. Sie waren sein Fetisch – und ich war nur irgendein Mädchen mit hübschen Füßen. Es war ohne jede Frage der beste Fick meines Lebens gewesen. Aber als ich schließlich aufstand, mich anzog und das Apartment verließ, wusste ich, dass ich Nick nicht wiedersehen würde. Ich will jemanden, der mich begehrt, weil ihm alles an mir gefällt – meine Augen, meine Titten, die Haare, mein Lächeln – und nicht nur das, was ich unterhalb der Knie zu bieten habe.

Die Schuhe habe ich trotzdem behalten. Ich habe zwar meinen Stolz, aber blöd bin ich nicht.

Sex in der Zelle

Dies ist eine kontroverse Geschichte, doch ich mag sie sehr ... Nicht jede Frau ist so stark, dass sie sich freiwillig einem Mann unterwerfen kann. Aber wenn eine Frau diese Stärke besitzt, dann kann sie es so was von genießen!

Als politisch korrekt kann man dieses Geständnis nicht bezeichnen, und als ich es zum ersten Mal hörte, war ich geschockt. Legen Sie also Ihre vorgefassten Meinungen beiseite, und stellen Sie sich vor, wie es wäre, wenn Sie sich in einer solchen Position befänden. Ich glaube, es wird Ihnen ziemlich gefallen ... falls Sie es zulassen.

Ich lag auf der schmalen Pritsche in der winzigen Zelle. Draußen dämmerte es, doch an der Zellendecke brannte eine nackte Glühbirne und warf graue Schatten in den grauen Raum. Ich war nackt unter der ebenfalls grauen, tristen Uniform, die wir alle hier drinnen tragen mussten. Meine Haut schimmerte rosa, golden und braun, verborgene Farbtupfer innerhalb der Institution, in der ich mein Leben fristete. Ich genoss es, dass ich nackt in der Uniform steckte. Es machte mich an, wie die grobe Baumwolle an meiner weichen Haut scheuerte.

Dann ertönte die Glocke, ein lautes, dumpfes Klingeln, dessen Echo sich in den langen viktorianischen Gängen verlor. Die meisten Insassen mochten die Glocke nicht, denn es war das Signal, dass alle für die Nacht in ihre Zellen zurückmussten. Aber für mich war es ein erotischer Klang, der meinen Körper nur noch mehr erschaudern ließ. Bloß noch wenige Minuten, dann würde er hier sein.

Schon bei dem Gedanken an ihn wand und krümmte ich mich auf der grauen Decke. Eine seltsamere Unterlage hätte ich mir wohl kaum für unsere perversen Sexspielchen vorstellen können, die mir Nacht um Nacht die schärfsten Orgasmen bescherten. Drew hatte mich in die Welt der sexuellen Machtkämpfe und Unterwerfungsszenarios eingeführt, doch unsere Treffen mussten geheim bleiben: Karriere, Ruf, vielleicht sogar meine Freiheit hingen davon ab. Wenn wir erwischt wurden, wenn jemand hereinkam und mich geknebelt und gefesselt vorfand, während Drew mich so brutal fickte, dass ich den Tränen nahe war … na ja, Sie können sich sicher vorstellen, dass mich das nicht gerade in einem besonders guten Licht dastehen ließe.

Doch wir konnten einfach nicht damit aufhören. Ich konnte es nicht. Wenn man jahrelang Tag für Tag den gleichen grauen Alltag erlebt, dann braucht man etwas, was einem das Gefühl von Lebendigkeit gibt. Und ich fuhr auf die Dinge ab, die Drew mit mir anstellte, darauf, wie ich mich dann fühlte. Mein ganzes Leben lang hatte ich immer am Schalthebel der Macht gesessen, ich galt als toughes Weibsstück, das sich von niemandem etwas bieten ließ. Vermutlich muss man so sein, wenn man hier landet.

Als ich dann zum ersten Mal diesem kräftigen, ein Meter achtzig großen Kerl gegenüberstand und er mich voller Verachtung anblickte, dachte ich noch: Alles klar, das ist es. Endlich habe ich jemanden gefunden, der mir ebenbürtig ist. Ich brauchte mir nur vorzustellen, in welchem Ton er mit mir redete und welche Strafen er mir aufbrummte, und schon glitt meine Hand zwischen meine Schenkel. Ich wollte mich selbst berühren, wollte vorbereitet sein, wenn er endlich auftauchte. Ich wollte bereit sein für seinen Schwanz.

Doch da hörte ich die vertrauten Schritte draußen im Gang und nahm so schnell die Hand weg, als hätte ich mich verbrannt. Nach den Regeln unseres Machtspiels darf ich mir nicht selbst einen runterholen. Nur Drew darf mich zum Orgasmus bringen, er kann ihn mir aber auch verweigern – den Orgasmus oder auch den Schmerz. Ah, Lust und Schmerz – wenn Drew über mir steht, mir Befehle zubrüllt und meine Gedanken und mein Körper überkochen vor Lust und Begierde, dann kann ich zwischen Lust und Schmerz nicht mehr unterscheiden.

Der Türknauf drehte sich, und das hieß, er war hier. Er war wirklich hier! Ich bin gerade mal ein Meter fünfundfünfzig groß und bringe etwas über fünfzig Kilo auf die Waage, und als er jetzt mit seinem großen, massigen Körper neben der schmalen Pritsche stand, fühlte ich mich wie ein Zwerg. Ich hielt den Blick gesenkt, sprechen durfte ich erst, wenn er mich ansprach. Er brachte mir Respekt bei, verstehen Sie? Er wollte mir zeigen, wer der Boss war.

»Na, wen haben wir denn hier?«, sagte er mit dieser heiser flüsternden Stimme, bei der sich mir die Nackenhaare aufstellten und meine Nippel und die Klitoris vor Erregung anschwollen. »Es ist Zeit für die Inspektion. Kannst du, bevor wir anfangen, bitte noch mal die Regeln aufsagen?«

Ich sprach, so leise ich konnte. Draußen auf dem Gang schlurften Gefangene und Wächter vorbei, Zellentüren fielen scheppernd ins Schloss. Scheiße, wenn die wüssten, was hier in dieser Zelle vor sich ging! Wenn sie es *wüssten*!

»Die Regeln!« Drews Stimme wurde lauter.

Ich kannte sie natürlich auswendig und flüsterte eine nach der anderen vor mich hin. Wenn ich die Regeln wiederholte, konnte ich mich besser auf das Spiel konzentrieren. Es machte mich scharf, brachte mich in Stimmung.

»In dieser Zelle bist du mein Herr, und ich bin deine Sklavin. Meine alleinige Aufgabe ist es, dir sexuelles Vergnügen zu bereiten. Auch wenn ich es noch so sehr möchte, darf ich erst dann zum Höhepunkt kommen, wenn du mir die Erlaubnis dazu gibst.« (Aber wenn wir ehrlich sind, dachte ich, dann wissen wir beide genau, dass diese Spielchen in der Zelle nicht nur ihn heißmachen.) »Wenn ich deine Befehle nicht befolge, dann werde ich bestraft. Ich muss alle Bestrafungen schweigend über mich ergehen lassen.«

Drew nickte anerkennend. Er war muskulös (und auch sonst gut ausgestattet) und kein Mann großer Worte – abgesehen von den Befehlen, die er mir im Verlauf unserer Spielchen zubrüllte. Sein Körper war hart wie Stahl, er hatte kurzgeschorenes Haar und eine starke, ausgeprägte Kinnpartie. Mit einem Schauder bemerkte ich, dass er sich heute nicht rasiert hatte und die Stoppeln an seinem Kinn fast so dunkel waren wie die Haare auf seinem Kopf. Ich wurde sofort feucht bei der Vorstellung, wie seine rauen Bartstoppeln jeden Zentimeter meiner weichen und empfindlichen Haut zerkratzten und wundscheuerten.

»Zieh diese entsetzlichen Klamotten aus«, unterbrach Drews befehlende Stimme meine Phantasien. Ich gehorchte nur zu gerne, denn der erste Blick auf meinen nackten Körper machte ihn immer total an. Nur in diesen Momenten tauchten Sprünge in seiner harten Fassade auf, und für ein paar kurze Augenblicke übernahm ich die Kontrolle. Ich wusste, dass er seine ganze Selbstbeherrschung aufbringen musste, um mich nicht auf der Stelle zu vögeln. Diese Augenblicke kostete ich voll aus, und so ließ ich mir beim Aufknöpfen des grauen Hemds Zeit. Darunter blitzten meine kleinen rosafarbenen Brüste hervor, auf die ich so stolz war. Danach öffnete ich den Reißverschluss der vorschriftsmäßig grauen Gefängnishosen. Es gibt hier keine Studios, in denen man sich die Bikinizone enthaaren lassen kann, dafür hatte ich mir meinen Muff zu einem akkuraten kleinen Ziegenbärtchen zurechtgestutzt. Drew fuhr sich mit der Zunge über die Lippen.

Es war kalt in der Zelle, doch ich zitterte mehr vor Lust als vor Kälte. Während ich nackt mitten in dem winzigen Raum stand, ging Drew um mich herum und unterzog meinen Körper einer eingehenden Betrachtung, fast so, als würde er eine Inspektion beim Militär durchführen. Falls er nach Schönheitsfehlern suchte, würde er keine finden. Ich war stolz auf meinen makellosen Körper. Drews Körper strahlte Hitze ab, und sein warmer Atem strich mir über das Schlüsselbein, die Ohren und die Brustwarzen, während er mich umkreiste. Ich kostete die Wärme aus. So sanft und sinnlich würde er in den nächsten Stunden nicht mehr mit mir umgehen.

Obwohl ich vollkommen nackt war, legte Drew seine Kleider nicht ab. Ich kenne seinen Körper genau: seinen großen Schwanz mit der hervorstehenden Ader, die kurz vor dem Orgasmus anschwillt; seine dunklen, tiefhängenden Hoden; der gewölbte Rücken und seine breiten, starken Schultern. Ihm ist klar, dass ich weiß, was er unter seinen Kleidern versteckt, aber es macht mich nur noch mehr an, dass er mich seinen Körper nicht sehen lässt. Wenn er sich nicht auszieht, behält er die Kontrolle. Und ich liebe es.

»Was soll ich heute mit dir anstellen?«, fragte Drew, aber die Frage war nicht wirklich ernst gemeint. Er überlegte nur laut, welche Art von Bestrafungen er heute Nacht verhängen sollte. Das war der beste Teil unseres Spiels: die Spannung, was er mir wohl heute antun würde; dass ich keine Ahnung hatte, was auf mich zukam. Er spielte mit seiner Gürtelschnalle herum und löste dann den Gürtel aus den Schlaufen. Es war der erste Hinweis auf das, was folgen würde. Meine Gedanken rasten. Hatte er eine Spanking-Session geplant? Wollte er mich übers Knie legen und mir wie einem ungezogenen Schulmädchen mit dem Gürtel den Po versohlen? Würde er mich zwingen, ihm einen zu blasen, wollte er mir seinen riesigen Ständer wie einen Knebel in den Mund schieben, so dass mein eigenes lustvolles Stöhnen kaum mehr zu hören war?

»Okay, ich hab mich entschieden«, sagte er. Als ob er nicht schon den ganzen Tag an dem Szenario gefeilt hätte! Wahrscheinlich hatte er beim Gedanken daran schon in der Dusche abgespritzt. In einem der seltenen Momente der Vertrautheit zwischen uns hatte er mir gestanden, dass er manchmal morgens schon wichste, wenn er wusste, dass wir uns am Abend treffen würden. Unsere Sexspiele machten ihn so geil, dass er Angst hatte, er könnte zu früh kommen, wenn er bei mir in der Zelle war.

»Ich kann mich nicht darauf verlassen, dass du stillhältst«, sagte er. »Deshalb werde ich dich wohl fesseln müssen.« Mit diesen Worten spannte er den Gürtel und drückte ihn mir gegen die Kehle. Er war so nah, dass ich das schwarze Leder riechen konnte und den metallenen Geschmack der Schnalle im Mund hatte. Der Gurt lag leicht um meinen Hals, und ich spürte ihn, wenn ich Luft holte. Bald keuchte ich laut bei jedem Atemzug.

»Leg dich wieder aufs Bett«, sagte Drew.

Ich stieg auf die Pritsche und legte mich hin. Die graue Gefängnisdecke fühlte sich kratzig an unter meinem nackten Po.

»Streck die Arme über den Kopf.«

Dadurch kamen meine Titten besser zur Geltung, und Drew konnte sehen, wie hart meine Nippel waren. Meine Brüste hoben und senkten sich, und ich wollte nichts mehr, als dass er sie endlich streichelte. Aber Drew tat nicht, was ich mir wünschte – noch nicht. Sein Gesicht blieb gelassen und ausdruckslos, nur seine tiefen Atemzüge und die Beule in seiner Hose verrieten, wie sehr es ihn erregte, die Rolle des Herrn zu spielen. Mich machte es dafür total an, seine Sklavin zu sein. Mit selbstsicheren, starken Händen fesselte mich Drew mit dem Gürtel an die Eisenstäbe des Betts. Er schlang den Ledergurt mehrfach um meine Handgelenke, zurrte ihn schließlich fest und steckte den Dorn der Schnalle in das letzte Loch. Ich zog an dem Gürtel, um die Stärke der Fessel zu überprüfen. Es war kaum genug Spielraum, um meine Hände zu bewegen, ich hatte keine Kontrolle mehr über meinen Körper.

Er drückte ein Knie zwischen meine Beine und spreizte sie, so weit es ging, um sich meine Möse anzusehen. Wir konnten alle Sexszenarien der Welt durchspielen, ich konnte Nein sagen, solange ich wollte, und so tun, als gefiele es mir nicht, doch hier, zwischen meinen Schenkeln, war der Beweis dafür, wie unglaublich mich das alles erregte. Man kann schauspielern und sich wehren, doch der Anblick und der Geruch einer heißen, tropfenden Möse und einer bebenden, angeschwollenen Klitoris können nicht lügen. Er beugte sich nach vorn und atmete tief ein.

»Riecht, als ob's der Nutte Spaß macht«, sagte er.

Dann drückte er meine Beine noch weiter auseinander, bis die Grenze überschritten war, wo es noch angenehm war. Die Muskeln in meinen Schenkeln fingen an zu brennen, und bald hielt ich es kaum noch aus. Doch ich biss auf die Lippen und gab keinen Laut von mir. Wenn meine Beine so weit gespreizt waren, fühlte sich meine Möse vollkommen exponiert und schutzlos an, was mich nur noch feuchter machte.

»Ach, ist dir das zu viel?«, fragte Drew mit einem höhnischen Grinsen im Gesicht.

Mit seinen großen, starken Händen drückte er fest gegen

die Innenseiten meiner Knie und zwang mich fast in einen Spagat. Wärend das Brennen in den überdehnten Muskeln sich in einen scharfen Schmerz verwandelte, verschwand Drews Gesicht zwischen meinen Schenkeln, und er stieß mit der Zunge immer wieder in meine hungrige Möse. Wie ein kleiner Schwanz glitt er hinein und hinaus, hinein und hinaus. Viel lieber wäre mir gewesen, wenn er sich mit der Zunge an meiner Klitoris zu schaffen gemacht hätte, die prall und erregt war, aber darum bat ich ihn nie, auch wenn ich hätte sprechen dürfen. Doch dann bekam ich einen Krampf in den Beinen und gab auf.

»Bitte, es tut so weh. Ich halt das nicht mehr aus!«, schrie ich.

»Doch, du hältst das aus«, sagte Drew, der so tief in meiner Möse vergraben war, dass seine Stimme leiser klang.

»Ich kann nicht«, erwiderte ich, obwohl ich genau wusste, dass ich es aushalten konnte und dass die lustvolle Explosion am Ende umso intensiver sein würde, je länger ich jetzt durchhielt. Ich bäumte mich auf und wand mich auf der Pritsche – zum Teil wegen der Schmerzen, zum Teil auch, weil ich genau wusste, dass es Drew gefiel, wenn ich mich wehrte und alles an mir wackelte. Der Lederriemen biss sich in meine Handgelenke. Er würde rote Striemen auf meiner Haut hinterlassen, wenn Drew den Gürtel wieder löste, dennoch konnte ich nicht aufhören, daran zu reißen – der beißende Schmerz fühlte sich zu gut an.

»Schau dich nur mal an«, sagte Drew. »Keine Selbstbeherrschung. Du kannst ja nicht mal für 'ne Minute ruhig liegen. Okay, wollen wir sehen, ob du *das* unter Kontrolle kriegst.« Damit verpasste er meiner einen Brust einen kleinen, knappen Schlag auf die Seite. Dem scharfen Schmerz folgte ein glühendes Brennen, und ich hob den Kopf, um mir die Titte anzusehen. Sie ruckelte noch kurz, dann lag sie wieder ruhig. Ein roter Handabdruck zeigte sich auf meiner Haut. Während das Zeichen, mit dem er mich markiert hatte, immer deutlicher zu sehen war, wurden auch meine Nippel immer härter und dunkler. Drew schlug weiter mit den flachen Handflächen gegen meine Titten, bis meine Haut brannte und meine Brust flammend rot war. Ich wehrte mich nicht, sondern ließ zu, dass das Blut in meine Brüste schoss, dass sie anschwollen und immer empfindlicher wurden, bis ich es plötzlich nicht mehr ertrug und das Lustgefühl in Schmerz umschlug.

»Gnade!«, heulte ich auf. Keine Sekunde mehr konnte ich die Schläge aushalten. »Gnade!«

Vorsichtig nahm Drew meine Nippel in den Mund und kühlte meine brennende Haut mit seiner Zunge. Doch seine zärtlichen Küsse waren nur eine neue Form der Folter. Er wusste, wenn er erst einmal an meinen Nippeln gesaugt hatte, dann wollte, dann musste ich unbedingt gevögelt werden. Und ich kannte sein Spiel genau. Es war viel zu früh und würde noch Ewigkeiten dauern, bis er mir diese Art der Befriedigung verschaffte. Wenn ich wollte, dass er in mich eindrang oder mit meiner Klitoris spielte, dann musste ich jetzt anfangen, darum zu betteln.

»Bitte«, winselte ich. »Bitte …«

»Was bitte?«, fragte Drew, obwohl er natürlich genau wusste, dass ich nur seine weiche Zunge auf meiner Klitoris spüren wollte, nur wollte, dass er mich zu meinem schmerzhaft süßen Höhepunkt brachte.

»Bitte lass mich kommen. Bitte hol mir einen runter. Bitte lass mich kommen. Bitte berühr mich. Bitte bitte bitte bitte bitte …«

»Kommen?«, sagte Drew voller Verachtung. »Das wird noch eine ganze Weile dauern, bis wir so weit sind.«

Als Antwort stieß ich ihm meine pralle, erregte Klitoris entgegen, in der Hoffnung, dass sie seine Zunge wortlos und unwiderstehlich überzeugen konnte, sich ganz ihr zu widmen.

»Ich werde dich jetzt losbinden«, sagte er, löste die Gürtelschnalle und nestelte den Lederriemen von den Eisenstäben des Bettes. »Aber das heißt nicht, dass du dich bewegen darfst. Nicht bevor ich es dir erlaube. Wenn du dich noch einmal rührst, dann lass ich dich heute gar nicht kommen. Ist das klar?«

Ich riss die Augen auf und nickte ernsthaft. Noch nie hatte er mir damit gedroht, dass ich leer ausgehen könnte. Das konnte ich nicht wagen, und so schwor ich mir in Gedanken, für den Rest der Sitzung besonders gehorsam zu sein.

Er wies mich mit einer Handbewegung an aufzustehen. Ich tat wie mir befohlen, und zu meiner Überraschung schlang er mir den Gürtel um den Brustkorb. Das hatte er auch noch nie getan. Drew war viel breiter als ich, und sein Gürtel war so lang, dass er ihn zweimal um mich wickeln konnte. Er schnürte meine Titten ein, so dass die Nippel zwischen den Lederriemen hervorstanden, und schnippte erst gegen den linken Nippel, dann gegen den rechten. Sofort stellten sie sich auf und nahmen einen dunkelroten Farbton an, ein deutliches Zeichen, dass sie sich nach Berührung sehnten. Er beugte sich hinunter und nahm wieder zuerst den linken, dann den rechten Nippel zwischen die Lippen, ließ die Zunge um sie kreisen und biss und saugte sanft an ihnen. Ich wünschte mir nur, er würde genau das mit meiner Klitoris machen.

Stattdessen drehte er mich abrupt um, so dass ich mit dem Rücken zu ihm stand. Er zog von hinten an dem Gürtel und benutzte ihn wie ein Ledergeschirr. Meine Arme hingen schlaff an den Seiten herunter, und ich hätte mir problemlos mit der Hand zwischen die Schenkel fassen und mir selbst den heißersehnten Orgasmus verschaffen können. Doch das wagte ich nicht. Außerdem wäre es nichts gegen den intensiven, feurigen Höhepunkt, den Drew aus mir herauskitzeln konnte. Also versuchte ich mich ganz auf die Enge zu konzentrieren, die sich in meiner Brust breitmachte und mir die Luft zum Atmen nahm. Es war die reinste Folter, wie der Gürtel die empfindlichsten Rundungen meines Körpers zusammenquetschte. Als Ausgleich drückte ich meine Schenkel so fest zusammen, wie ich nur konnte, wobei ich die Schamlippen aneinanderpresste und durch die Reibung auch eine geheime Nachricht an meine Klit schickte.

Drew öffnete indessen mit der freien Hand seinen Hosenladen und nahm seinen schönen, dicken Schwanz heraus, den ich mir so gerne anschaute. Dass ich ihn jetzt nicht sehen durfte, gehörte auch zu dem Folterszenario, das er sich ausgedacht hatte. Er legte mich wieder aufs Bett, ließ den Gürtel los und drückte mich nach vorn, so dass ich in der kratzigen graue Decke halb erstickte, während mein Po in die Luft ragte. Drew zog meine Pobacken auseinander und spuckte auf mein Arschloch, dann packte er den Gürtel zwischen meinen Schulterblättern und riss meinen Oberkörper hoch, so dass ich wieder aufrecht saß. Sein Speichel in meiner Arschritze fühlte sich warm und feucht an, und dann berührte auch schon Drews Schwanz meine Öffnung. Seine riesige Erektion drängte sich gegen mein winziges, enges Loch. Mein Körper verkrampfte sich, ich wartete auf den kurzen schneidenden Schmerz und biss mir dabei so fest auf die Lippen, dass sie bluteten. Mit einem kräftigen Stoß drang Drew schließlich in mich ein, und sein Schwanz füllte mein gesamtes Inneres. Er hielt mich so fest an dem improvisierten Geschirr, dass die Blutzufuhr zu meinen Titten fast abgeschnitten wurde. Dabei stieß er immer wieder tief mich hinein, manchmal so ungestüm, dass sich meine Beine von der Pritsche hoben und ich auf seinem Ständer saß wie ein Jockey, den man auf einen außer Kontrolle geratenen Vollbluthengst geschnallt hatte. Das Gefühl seiner mächtigen Erektion in meinem Arsch und das brennende Prickeln in meinen Titten waren so überwältigend, dass ich eine ganze Weile lang gar nicht mehr an meine eigene erregte Klitoris dachte.

»Gefällt es dir?«, zischte er mir ins Ohr. Es war eine Fangfrage. Wenn ich ja sagte, fickte er mich härter. Wenn ich nein sagte, fickte er mich härter. Deshalb wich ich einer direkten Antwort aus und wiederholte meine Bitte von vorhin.

»Bitte, lass mich kommen«, bettelte ich.

»Hast du nicht kapiert, was ich dir über Selbstbeherrschung gesagt habe?« Drew schrie mich nun fast an. Zum Glück drang in diesen alten viktorianischen Bauten kaum ein Ton durch die dicken Wände. Er zog seinen Schwanz so abrupt aus mir heraus, dass es fast so weh tat wie das Eindringen zuvor. Dann öffnete er die Gürtelschnalle und zog das festgezurrte Leder mit einer raschen Bewegung von meiner Haut. Ich merkte kaum, wie das Blut zurück in meine Brüste schoss, denn er warf mich brutal mit dem Gesicht nach unten auf die Pritsche und schlug mir mit dem Gürtel auf den Po, als wäre er eine Peitsche. Die Schnalle knallte auf meine Haut, und glühendheißer Schmerz schoss einmal, zweimal, dreimal durch meinen Körper. Das Kissen erstickte meine lauten Schmerzensschreie. Dann fing ich an, auf der Decke hin- und herzurutschen, um meine Klitoris an den kratzigen Fasern zu stimulieren. Morgen früh würde es teuflisch brennen, aber das kümmerte mich jetzt nicht. Ich war so geil, ich musste endlich kommen, und zwar jetzt.

Drew schob erneut meine Beine auseinander, und ich stöhnte auf. Bestimmt wollte er wieder mein Arschloch ficken, dabei brauchte ich ihn so dringend in meiner Möse. Doch dann drängte sich seine Schwanzspitze tatsächlich gegen das Loch meiner Muschi. Er stieß gnadenlos und gewaltsam in meine Möse, genau wie er es eben mit meinem Arsch gemacht hatte. Aber jetzt war ich ihm dankbar dafür, denn ich brauchte es so kräftig, es konnte mir nicht hart genug sein. Es dauerte nicht lange, nur zehn, vielleicht zwölf Stöße, dann brachte mich die Kombination der rauen Decke an meiner Klit mit dem hämmernden Schwanz in meiner Möse zum Orgasmus. Heiße, lustvolle Wellen breiteten sich in meinem Körper aus wie Ringe auf einem Teich. Wund, überreizt und vollkommen erschöpft ließ ich mich daraufhin schlaff auf die Pritsche sinken.

Drews großer schwerer Körper lag auf mir, und er kam nur wenige Augenblicke nach mir.

Als der Orgasmus ihn überwältigte, vergaß er, wer eigentlich die Kontrolle hatte: Jetzt war er es, der sich ganz der Lust hingab, die mein Körper ihm verschaffte.

»Baby, du fühlst dich so gut an … so gut.« Er glitt aus mir heraus, rollte von mir herunter und vergrub den Kopf zwischen meinen Brüsten, die von unserem Liebesspiel voller Narben und Striemen waren. Endlich, endlich küsste er mich lange auf die Lippen.

Wir lagen uns in den Armen, während das schwache Licht der Dämmerung draußen dunkler wurde. In der kalten Zelle war unser Atem zu sehen und hinterließ rauchartige Fetzen in der Luft.

»Licht aus in zehn Minuten!«, kam der Ruf aus dem Gang.

»Ich muss gehen.« Ich löste mich aus der Umarmung meines Liebhabers und schlüpfte wieder in mein schickes schwarzes Businesskostüm. »Die Nachtschicht kommt bald, und ich muss einen neuen Schließer einweisen, das Übliche … Es würde nicht gut aussehen, wenn man mich hier drin mit dir sieht.«

»Morgen wieder um die gleiche Zeit?«, fragte Drew und machte sich fertig für die Nacht in seiner Zelle.

»Morgen um die gleiche Zeit«, sagte ich, zwinkerte ihm zu und sperrte die Zellentür auf. Ich schloss ihn für die Nacht ein, ging den langen, verlassenen Gang entlang zu meinem Büro, richtete mir die Haare und fügte mich wieder ein in mein anderes Leben als Gefängnisleiterin.

Die lebende Statue

Bei dieser Geschichte wird Ihnen ganz sicher das Wasser im Mund zusammenlaufen. Und nicht nur wegen gewisser italienischer Köstlichkeiten …

Es gibt im Leben zwei große sinnliche Vergnügungen: Essen und Sex. Ich hatte mich schon immer ausgiebig beiden Genüssen hingegeben, doch nie hätte ich gedacht, dass meine Leidenschaft für gutes Essen mir einmal den besten Sex meines Lebens bescheren würde.

Die Geschichte hatte sich im Sommer vor ein paar Jahren zugetragen. Ich war Single, und die Reiselust hatte mich gepackt. Ich brauchte Urlaub, aber meine Freundinnen und Freunde wollten in den Ferien nur am Strand herumliegen. Das ist nichts für mich. Im Urlaub möchte ich Dinge unternehmen, fremde Kulturen kennenlernen und herausfinden, wie Menschen in anderen Ländern leben. Als ich an einem Sonntag unentschlossen in meinen Reiseprospekten blätterte, fiel mir eine kleine Notiz ins Auge. Es war eine Anzeige, die mit der Tuschezeichnung einer mit Wein überwachsenen, unverkennbar italienischen Villa illustriert war. »Lernen Sie kochen wie die Italiener«, hieß es in dem Text. »Einwöchiger Kochkurs in Villa in Umbrien. Unterkunft inklusive. Singles, Paare und Gruppen in allen Altersgruppen sind willkommen. Keine Vorkenntnisse nötig.«

Sofort wusste ich, dass ich meinen idealen Urlaub gefunden hatte: Ich würde in einer wunderschönen Landschaft wohnen, mich meiner Vorliebe für italienischen Wein hingeben und lernen, wie man das leichte, mediterrane Essen zubereitet, das ich so gerne in Restaurants bestellte, mir daheim jedoch nie wirklich gelingen wollte. Und weil ich allein reiste, gefiel mir die Vorstellung, dass sich eine gemischte Gruppe in dem Kurs zusammenfinden würde. Auf Reisen war es immer gut, wenn auch andere Singles dabei waren, mit denen man etwas unternehmen konnte. Und falls einer dieser Singles zufällig ein attraktiver junger Mann sein sollte ... nun ja, umso besser.

Voll gespannter Vorfreude und Abenteuerlust packte ich am Abend vor der Abreise meine Koffer. Statt wie üblich Bikinis und Tops mit tiefem Ausschnitt mitzunehmen, wählte ich elegante, fließende Kleider aus, die sich für niveauvolle Gelage mit gleichgesinnten Gourmets eigneten. Im letzten Moment stopfte ich allerdings doch noch meine Bikinis dazu. Immerhin fuhr ich nach Italien, und ich wollte mir auf keinen Fall die südliche Sonne entgehen lassen.

Vom Flughafen in Pisa nahm ich mir ein Taxi. Bald ließen wir die Stadt hinter uns und fuhren durch die Vororte in eine andere Welt. Ich kam mir vor wie in einem romantischen Kinofilm: Die Landschaft vor mir schimmerte in Grün- und Goldtönen. Olivenbäume säumten die Straßen, und der würzige Geruch von wildem Basilikum und Knoblauch lag in der Luft. Jedes neue, frische Aroma entspannte mich mehr, und ich fühlte, wie alle meine Sinne wieder zum Leben erwachten. Es war Ewigkeiten her, seit ich so saubere Luft geatmet und so natürliche, wunderbare Düfte wahrgenommen hatte.

Der erste Anblick der Villa verschlug mir fast den Atem. Sie war ganz in Terrakotta-Rot gehalten und lag inmitten von niedrigen Hügeln. Weinberge erstreckten sich meilenweit an den Seiten des hektargroßen Grundstücks. Eine freundlich lächelnde Frau mittleren Alters führte mich auf mein Zimmer. In gebrochenem Englisch stellte sie sich als Emilia vor, die Frau des Hauses und unsere Kochlehrerin für die Woche. Die Unterkunft war nur mit dem Notwendigsten ausgestattet: ziegelrote Wände, ein schmales, mit einem weißen Leintuch bezogenes Bett, ein kleiner Schrank. Aber ich war nicht wegen des Zimmers, sondern wegen der Küche gekommen, und diese übertraf alle meine Erwartungen. In der Speisekammer fand sich jede nur erdenkliche Sorte frischen Gemüses, im Weinkeller lagerten auserlesene Spitzenweine, und mitten in der Küche stand ein riesiger, uralter Tisch aus Pinienholz, an dem wir, so erklärte Emilia, jeden Abend essen würden. Ich kam mir vor wie ein Kind im Süßwarengeschäft, während ich die Schränke inspizierte und an den frischen Kräutern und exotischen Ölen roch. Es war ein Paradies für Liebhaber guten Essens.

Die anderen Gäste trafen nach und nach ein. Die Gruppe bestand fast nur aus Engländern, allesamt nette und freundliche Menschen. Am Abend kamen wir bei ein paar Flaschen des hiesigen *vino* ins Gespräch, und ich merkte bald, dass die anderen genau wie ich Neues kennenlernen und dabei einen angenehmen Urlaub verbringen wollten. Leider waren die anderen alle Paare, bis auf zwei befreundete Frauen, die auf die fünfzig zugingen. Einerseits schätzte ich mich glücklich, Kochgefährten gefunden zu haben, die meine Leidenschaft für gutes Essen und meine Art von Humor teilten. Andererseits war ich ein klein wenig enttäuscht, dass keine unverheirateten Männer in der Gruppe waren. So ein kleiner Flirt hätte meinen Ferien das Quäntchen Extraspannung verschafft. Schließlich war die italienische Idylle der perfekte Ort für eine kleine Urlaubsaffäre. Wer der umbrischen Landschaft nichts Sinnliches, Anziehendes und Romantisches abgewinnen kann, muss ein Herz aus Stein haben. Trotz allem lachte und trank ich so viel an diesem Abend, dass ich jeden Gedanken an Sex bald vergaß. Glücklich und weinselig ging ich ins Bett und freute mich auf die wunderbare Woche, die vor mir lag.

Am nächsten Morgen weckte mich die toskanische Sonne recht früh, als ein Strahl durch einen Spalt in den Fensterläden hereinblitzte. Es war am Abend zuvor so warm gewesen, dass ich nackt geschlafen hatte. Im Zimmer war es schwül, doch die Baumwollbettwäsche kühlte meine Haut, und als ich aufstand, fühlten sich die Terrakotta-Fliesen unter meinen Füßen angenehm warm und trocken an. Ich schnappte mir meinen schokobraunen Badeanzug mit den Schlitzen an den Seiten, wickelte mich in ein weißes Handtuch und ging barfuß durch die Villa hinaus zum Pool.

Die Wärme der Sonne umfing meinen Körper wie ein Liebhaber, der mich in seine Arme nahm. Im Grunde meines Herzens bin ich eine Sonnenanbeterin, doch erst jetzt merkte ich, wie sehr ich die kräftige mediterrane Sonne vermisst hatte. Die frühmorgendlichen Strahlen schienen mir sanft auf Rücken und Beine und wärmten mein Inneres. Es fühlte sich an, wie wenn man nach langer Zeit wieder geküsst wird. Man hat die Sehnsüchte vergraben, doch dann erweckt dich ein Kuss, und auf einmal fühlst du dich lebendig, voller Energie und zu allem bereit.

Nachdem ich ein paar Runden geschwommen war, ließ ich mir das Frühstück aus Obst und Joghurt schmecken, das mit Honig aus den Bienenstöcken der Villa gesüßt war. Emilia und ihr Ehemann Enzo besprachen mit uns die Kochlektion des Tages: Selbstgemachte Pasta stand auf dem Plan. Ich verbrachte den ganzen Tag damit, und es war eine einzige Schweinerei. Bald waren wir alle über und über mit einer klebrigen Masse aus Wasser und Mehl beschmiert, manche hatten sie sogar in den Haaren. Einige der Paare küssten sich die mehlbestäubten Nasenspitzen und wischten sich zärtlich die Gesichter sauber. Als ich ihnen dabei zusah, kam eine Mischung aus Eifersucht und Erregung in mir hoch.

Als wir uns schließlich an die Zubereitung des Abendessens machten, waren wir alle Meister in der Kunst der Pastaherstellung. Anschließend aßen wir all die verschiedenen Nudelsorten, die wir im Laufe des Tages zubereitet hatten.

Im Bett lag ich noch lange wach und lauschte dem Konzert der Grillen draußen im Garten. Ich war so voll vom Essen und vom Wein, dass ich nicht einschlafen konnte. Irgendwann warf ich das einzige Nachthemd über, das ich mitgebracht hatte – ein Negligé aus mitternachtsblauer Seide –, und ging nach draußen, um frische Luft zu schnappen. Ich spazierte eine Weile durch den Garten, der im italienischen Stil angelegt war. Im blassen Mondlicht kroch Efeu über Statuen, und die Blätter der großen Topfpflanzen warfen unheimliche Schatten. Ich ließ die Finger über eine Statue gleiten, eine Kopie des David von Michelangelo, und legte die Hand auf die Wölbung der glatten Pobacken. Als ich die schlanken, muskulösen Oberschenkel betrachtete, dachte ich daran, wie gerne ich meine Beine um einen solch athletischen Körper schlingen würde. Ich strich mir mit der warmen Hand über mein Schlüsselbein, schloss die Augen und stellte mir vor, ein Lover würde mich berühren. Dann erlaubte ich mir ein heimliches Grinsen über die vergleichsweise kleinen Hoden des David, von denen der große Bildhauer vielleicht aus Versehen zu viel weggemeißelt hatte.

Auf dem Weg zurück ins Bett erblickte ich eine weitere Statue. Es war ebenfalls ein männlicher Akt, der mit dem Rücken zu mir auf die mondbeschienene Landschaft blickte. Und dann, das schwöre ich, bewegte sich die Statue und dehnte und streckte ihren marmornen Oberkörper. Ich rieb mir die Augen und schaute noch einmal hin, aber da war nichts mehr zu sehen. Zu viel Wein, dachte ich. Ich musste dringend ins Bett, bevor mich noch eine Halluzination heimsuchte.

Beim Wegdämmern stellte ich mir vor, eine der Statuen wäre in dieser Nacht wirklich lebendig geworden. Ich träumte von einem marmorweißen, perfekt geformten männlichen Körper, der so stark war, dass er mich mit Leichtigkeit tragen konnte. Er nahm mich in die Arme und liebte mich langsam und zärtlich … Als ich am nächsten Morgen erwachte, waren die Leintücher zwischen meinen Schenkeln feucht und klebrig.

Noch vor dem Frühstück schwamm ich vierzig Bahnen im Pool, damit ich auch wirklich hungrig war und die Köstlichkeiten des heutigen Workshops genießen konnte. Ich stieg aus dem Wasser und trocknete mich ab. Meine Haut war in der kurzen Zeit schon leicht braun geworden. Während ich meine Arme bewunderte, meinte ich, im Augenwinkel jemanden zu sehen. Doch als ich mich schnell umdrehte, blendete mich die Sonne, und wer immer mich heimlich beobachtet hatte, war bereits wieder verschwunden. Doch mich durchlief ein leiser Schauder, als sei ich nicht allein gewesen. Als habe ein Mann in meiner Nähe gestanden.

Am zweiten Tag lernten wir, wie man italienische Salate zubereitet. Doch wenn die Zutaten so köstlich und frisch sind, machen sich die Salate fast von selbst. Wir tröpfelten den ganzen Tag Olivenöl und Balsamico-Essig auf geröstetes Gemüse, zupften Mozzarella in kleine Stücke und schnitten Avocados in Scheiben. Wenn mir niemand zuschaute, leckte ich an meinen Fingern, schloss für einen Moment die Augen und stellte mir vor, es wären die Hände eines Mannes, die Finger meines Lovers. Etwas hatte es mit diesem Ort auf sich, das mich in einen permanenten Zustand sexueller Erregung versetzte.

Um die Mittagszeit versammelten wir uns beim Pool und

genossen unsere Salate und den Wein im Freien, so wie man solche Köstlichkeiten eigentlich immer essen sollte. Die Mittagssonne stach mir in die Augen, und ich ging ins Haus, um meine Sonnenbrille zu holen. Als ich den Gang entlang zu meinem Zimmer lief, meldete sich wieder dieses Gefühl, als ob mich jemand heimlich beobachtete. Als ob jemand in der Nähe wäre. Ich drehte mich um, und dieses Mal sah ich wirklich jemanden. Jemanden, dessen Anblick mir den Atem verschlug.

Ein paar Meter von mir entfernt stand ein junger Mann, dessen Körper so perfekt gemeißelt schien wie die Statuen in Emilias Garten. Er hatte nur eine Jeans an und schleppte einen schweren Sack Mehl auf seinen breiten, muskulösen Schultern.

»Hallo«, sagte ich und ging einen Schritt auf ihn zu, doch er verschwand wie ein erschrecktes Reh in einer Tür. Als ich zur Gruppe zurückkehrte, war ich mir plötzlich nicht mehr sicher, ob ich tatsächlich einen Mann im Gang gesehen hatte. War ich denn so sexuell ausgehungert, dass ich schon von zum Leben erwachten Statuen phantasierte? Hatte ich vielleicht zu viel Sonne abbekommen oder zu viel von dem Wein getrunken?

Am nächsten Abend spazierte ich wieder durch den Garten. Wie beim letzten Mal tätschelte ich die knackigen Arsche der männlichen Statuen, in der Hoffnung, dass sich daraufhin ihr reales Ebenbild zeigen würde. Aber ich sah keine Spur von ihm und konnte auch seine Gegenwart nicht mehr spüren. In dieser Nacht lag ich wieder im Bett und fand keinen Schlaf. Meine Hände glitten wie von selbst zwischen meine Schenkel, langsam schob ich einen Finger zwischen meine Schamlippen und nutzte die Nässe, die dort auf mich wartete, um meine Klit zu befeuchten. Mit entspannten, ruhig kreisenden Bewegungen brachte ich mich zu einem sanften

Orgasmus, der meinen ganzen Körper durchflutete. Sekunden nachdem ich gekommen war, schlief ich ein.

Am nächsten Morgen bekam ich ihn dann zum ersten Mal wirklich zu Gesicht. Er stand am Pool, als ich meine morgendlichen Bahnen schwimmen wollte. Mein erster Gedanke war: *Gott sei Dank, ich bin nicht verrückt. Es gibt ihn wirklich!* Mein zweiter: *Himmel, was für ein Mann.* Verglichen mit seinem Körper wirkten die Statuen eher kümmerlich, und nach der Beule in seiner Hose zu urteilen, besaß er noch einiges mehr, auf das er stolz sein konnte.

»Hallo«, sagte ich zwanglos und konnte nur hoffen, dass meine bebende Stimme nicht verriet, wie scharf ich auf ihn war. »Wir sind uns noch nicht vorgestellt worden. Ich heiße Kelly. Habe ich Sie hier nicht schon mal gesehen? Ich bin mir sicher, dass ich Sie letzte Nacht im Garten gesehen habe. Und gestern im Gang. Schön, Sie auch mal bei Tageslicht zu treffen.«

Während ich so drauflosplapperte, versuchte ich nicht daran zu denken, dass ich nur wenige Stunden vorher zu Phantasien von diesem Mann masturbiert hatte. Nun, da ich ihn richtig anschauen konnte, sah ich, dass er offensichtlich in meinem Alter war: siebenundzwanzig, höchstens achtundzwanzig Jahre. Sein glattes, ovales Gesicht war von einem Schopf dunkelbrauner, leicht gelockter Haare umgeben, die sich in seinem Nacken kräuselten. Er war verschwitzt vom Arbeiten, und kleine feuchte Haarkringel klebten auf seiner Stirn.

Sein Gesichtsausdruck war erst vollkommen verblüfft, doch dann schenkte er mir ein wunderschönes Lächeln. Seine vollen hellroten Lippen öffneten sich, und ebenmäßige weiße Zähne waren zu sehen, zwischen denen kurz eine rosa Zungenspitze auftauchte. »Cristiano«, sagte er schüchtern und fuhr dann fort: »*Mi dispiace* … kein Englisch.«

Er streckte mir die Hand entgegen, und ich musste ein paar Schritte über die von der Sonne erhitzten Steinplatten gehen, damit ich sie ergreifen konnte. Als unsere Hände sich berührten, zuckte er kurz zusammen. Offensichtlich spürte auch er die Chemie zwischen uns. Es war wie ein Energiestoß, der mir am ganzen Körper die Härchen aufrichtete und mich trotz der Wärme erschaudern ließ. Ich wandte mich zum Pool und ließ mein Handtuch fallen. Dabei war ich mir bewusst, dass er mich wahrscheinlich beobachtete und dass ich nach den paar Tagen mit gesundem Essen und täglichem Schwimmen ziemlich gut aussah. Ich hoffte, dass er meinen graziösen Kopfsprung ins Becken bemerkte. Das kühle Wasser dämpfte die ersten Regungen der Lust, die meinen Körper durchflutet hatten. Doch bei jedem Zug stellte ich mir Cristianos Körper und sein Gesicht vor, als wäre er nur wenige Zentimeter von mir entfernt. Im Geiste sah ich ihn sich vorbeugen, um mich zu küssen … Ich malte mir aus, wie sein perfekter Oberkörper sich über mir aufrichtete, während wir vögelten.

Als ich aus dem Pool stieg, war er nirgends zu sehen. Doch wieder spürte ich seinen Blick auf mir, und ich wusste, dass er noch in der Nähe war und mich beobachtete. Im Schatten einer Tür oder versteckt hinter einer Fensterscheibe nahm er meinen Anblick ganz in sich auf. Ich streckte mich ausgiebig, damit er auf seine Kosten kam. Dabei war ich mir durchaus bewusst, dass der enganliegende Badeanzug die Kurven meines Körpers betonte und meine vorwitzigen Nippel sich deutlich unter dem dünnen braunen Stoff abzeichneten.

»Du haben meine Sohn kennengelernt«, sagte Emilia später, während sie mir beibrachte, wie man Ciabatta-Brot bäckt. »Cristiano. Er arbeiten hier in Sommer, aber nicht sprechen Englisch. Er sein zu faul! Aber ist ein guter Junge.«

Täuschte ich mich, oder war da ein Glitzern in den Augen

der alten Dame, als wüsste sie ganz genau, was ich mit ihrem Sohn anstellen wollte? »Warum isst er nicht mit uns?«, fragte ich. »Mag er nicht, was wir hier kochen?«

Emilia lachte. »Er ist zu schüchtern«, sagte sie. »Das ist alles.«

Cristiano und sein wunderbarer Körper nahmen meine Gedanken vollkommen in Beschlag, und ich ließ prompt meine erste selbstgemachte Ciabatta im Ofen verbrennen. Der zweite Versuch gelang mir nicht viel besser. Ich konnte mich einfach nicht darauf konzentrieren, perfekte Brotlaibe zu backen. Am Abend lief ich alle Gänge in der Villa ab und spazierte durch den ganzen Garten, in der Hoffnung, ihn zumindest kurz zu sehen. Doch er war wie vom Erdboden verschwunden. Ich hatte keine Ahnung, wo ich nach ihm suchen sollte, und außer Emilia konnte ich niemanden fragen. Doch seiner eigenen Mutter gegenüber wollte ich mein Interesse an Cristiano nicht kundtun. Ich wusste nicht einmal, ob er in der Villa wohnte oder jeden Tag zum Arbeiten herkam.

Es wunderte mich nicht, dass ich in dieser Nacht von meinem eigenen, erregten Keuchen aufwachte. Meine Beine waren völlig in das schweißnasse Leintuch verwickelt. Mein Körper war angespannt, zwischen meinen Schenkeln pochte es, und meine Hände lagen auf meiner Muschi. Ich musste von Cristiano geträumt und mich dabei im Schlaf selbst berührt haben. Dummerweise war ich aufgewacht, bevor ich mir den Orgasmus verschafft hatte, den ich so herbeigesehnt hatte.

Mir war wahnsinnig heiß, und mein Mund war wie ausgetrocknet. Ich brauchte unbedingt ein Glas Wasser, deshalb wickelte ich mich in das Leintuch und schlich in die Küche. Im Dunkeln tastete ich nach dem Hahn und füllte ein Glas mit eiskaltem Wasser, das ich in einem Zug hinunterstürzte. Es fühlte sich wunderbar an. Dann öffnete ich den Kühlschrank, nahm eine saftige Erdbeere, biss hinein und genoss den erfrischenden, kühlen Geschmack. Ich war inzwischen hellwach, von Schlaf konnte keine Rede mehr sein. Stattdessen schenkte ich mir ein Glas dickflüssigen, schweren Vin Santo ein und setzte mich damit an den Küchentisch.

Und dann stand mit einem Mal Cristianos geschmeidiger Körper in der Tür. Seine Gestalt zeichnete sich als dunkler Schatten vor dem Mondlicht ab, als er in die Küche trat. Er war nackt. In dem blassen blauen Licht war jeder Körperteil deutlich zu erkennen: die schmalen, athletischen Hüften, die sanfte Wölbung seiner muskulösen Schenkel, der Flaum seiner Schambehaarung und der lange, dicke Schwanz, der ihm zwischen den Beinen hing. Er war wunderschön und perfekter geformt als alle Statuen, die ich je gesehen hatte.

Wir schwiegen, denn was hätten wir auch sagen sollen? Mein Italienisch war nicht besser als sein Englisch. Plötzlich wurde mir bewusst, dass ich nichts als ein Leintuch am Leib hatte. Nur ein dünner Baumwollstoff lag zwischen meiner weichen cremeweißen Haut und seinem harten, sonnengebräunten Körper.

Cristiano setzte sich mir gegenüber an den Tisch und nahm einen Schluck von meinem Wein. Dann schaute er mich mit seinen tiefschwarzen, großen Augen an, nahm eine Erdbeere und legte sie sich auf die Zunge. Er saugte an ihrer Spitze, wobei die hellroten Lippen sich um die reife Frucht schlossen. Dann leckte er sie ab, biss genüsslich hinein, kaute und schluckte. Er nahm sich eine zweite Erdbeere und leckte sich dabei die Lippen. Mit seinen langen, schlanken Fingern entfernte er die kleinen Blätter und den Stiel und legte die Frucht sehr sanft zwischen meine Lippen. Ich ließ zu, dass er sie noch ein wenig weiter in meinen Mund schob, schloss die Augen und küsste das Fruchtfleisch, wobei ich mir vorstellte, dass es keine Erdbeere, sondern seine glatte, runde Eichel wäre, die sich zwischen meine Lippen drängte. Ich biss zu und teilte die Frucht in zwei Stücke. Cristiano nahm die andere Hälfte und lächelte mich an, als er sie sich in den Mund steckte. Im Mondlicht glitzerte der rote Fruchtsaft auf seinen Lippen.

Damit waren alle meine Zweifel ausgeräumt, ob Cristiano mich wollte. Ich beugte mich vor und berührte seinen Mund sanft mit der Zungenspitze. Als ich den süßen Erdbeersaft ableckte, schmeckte ich noch etwas anderes: den salzigen, männlichen Geschmack von Cristiano selbst. Langsam öffnete er die Lippen, und unsere Zungen berührten sich. Stundenlang, so schien es mir, saßen wir am Tisch, küssten uns und erkundeten zärtlich den Mund des anderen mit all den süßen und salzigen Aromen.

Irgendwann fuhr ich ihm mit den Fingern durch sein lockiges Haar, und als ich die Arme hob, glitt das Leintuch, das immer noch um meinen Körper gewickelt war, zu Boden. Ich ließ es liegen. Zögernd näherte Cristiano sich meinen Brüsten und berührte sie mit heißen, trockenen Händen. Ohne dass sich unsere Lippen voneinander lösten, bewegten seine Finger sich nun rasch über meinen ganzen Körper, als ob er alles über mich erfahren wollte. Es war, als würde er mich mit seinen Handflächen lesen wie ein Blinder, der Blindenschrift ertastet. Er umfasste zuerst die eine, dann die andere Brust und liebkoste dabei geschickt meine Nippel. Zärtlich strich er mir über die Unterarme und ließ seine Hände über die empfindlichen Stellen an meinen Seiten gleiten. Alle diese Berührungen waren langsam, wie in Zeitlupe, doch dadurch fachte er meine Leidenschaft viel stärker an als jeder andere Mann vor ihm. Er kitzelte die Lust nicht mit Gewalt aus meinem Körper, sondern ließ sie ganz von selbst immer stärker werden, bis ich unglaublich erregt war. Er brauchte keine geheime Liebestechnik dafür. Cristiano tat an sich nichts Besonderes. Seine Hände und Lippen berührten mich an Stellen, an denen mich auch schon andere Männer berührt hatten. Er kam mir näher und drückte sein Knie an meines, aber dieser perfekte Oberkörper war immer noch etliche aufreizende Zentimeter entfernt von mir. Der Unterschied zwischen gutem Sex und diesem unvergleichlichen Gefühl, das mir fast wie eine außerkörperliche Erfahrung schien, war die beharrliche, fast unerträglich zärtliche Langsamkeit, mit der er mich überall berührte.

Lustvolle Erregung baute sich in mir auf, bis ich es fast nicht mehr aushielt. Da erhob sich Cristiano. Er legte mir die Hände seitlich an die Schultern und zog mich hoch, so dass ich nackt in der Küche stand. Ich zitterte und wollte mehr von seinen liebevollen Berührungen, gleichzeitig törnte es mich unglaublich an, dass ich nicht wusste, was als Nächstes passieren würde.

»*Bellissima*«, flüsterte er und strich mir eine Strähne aus der Stirn. »*Ti voglio, ma prima, mangiamo.*«

Ich verstand natürlich kein Wort, aber seine Stimme klang rau und erregt. Es war offensichtlich, was er wollte. Er wandte den Blick zu dem riesigen, altmodischen Kühlschrank und öffnete ihn. Das grellweiße Licht erhellte die Küche und beleuchtete seinen großen, dicken Ständer, der an sich schon ein Kunstwerk war. Als er sich umdrehte, fiel das Licht auf seine perfekten Pobacken, die wie aus Stein gemeißelt schienen. Ich war ein wenig erstaunt, als Cristiano eine Auswahl von Emilias Vorräten zusammensammelte. Einen Korb mit Obst. Eine große Flasche Olivenöl. Ein Glas Joghurt. Einen Honigtopf.

Cristiano hob mich hoch und setzte mich auf den Rand des alten Pinienholztisches. Ich genoss die Wärme der zerfurchten Holzplatte an meinem Po. Er nahm ein paar Trauben aus dem Korb und tauchte jede einzelne in den Honig. Mit einem leichten Druck gegen meine Schulter gab er mir zu verstehen, dass ich mich auf den Tisch legen sollte. Dann platzierte er die Trauben auf meinem Körper: Eine legte er zwischen meine Brüste, eine andere auf mein Schlüsselbein, je eine in meine offenen Hände. Die Trauben fühlten sich kühl an, wie kleine Küsse, und es machte mich wahnsinnig an, wie sie, süß und sexy, auf meinen erogenen Zonen klebten.

Langsam kniete Cristiano sich über mich und küsste mich überall. Er nahm die Trauben zwischen die Lippen, leckte sie ab und aß sie, während er meine Haut mit einem erregten, anerkennenden Flüstern liebkoste und stimulierte. Als er die letzte Traube verspeist hatte, zuckte und bebte ich vor Lust.

Ich folgte seinem Beispiel, nahm eine Handvoll Joghurt aus dem Glas und schmierte ihn auf seine Brust. Dann hob ich den Oberkörper ein wenig und leckte seine Haut. Der Geschmack des dickflüssigen, cremigen Joghurts und das salzige Aroma seines Körpers vermischten sich auf meiner Zunge.

Als Nächstes steckte er mir eine Erdbeere zwischen die Schamlippen und ließ sie dort, was mich noch geiler machte. Ich wollte unbedingt, dass er endlich in mich eindrang.

»Bitte«, sagte ich, »ich will, dass du mich vögelst. Ich möchte dich in mir spüren.«

Doch Cristiano verstand mich nicht. Er schmierte sich ausgiebig Honig auf den Schwanz, worauf ich mich umdrehte und mich auf allen vieren auf den Küchentisch kniete. Meine Knie protestierten, aber es war mir egal. Ich wollte so viel wie möglich von ihm in mir haben und ließ seinen Schwanz tief in meinen Mund gleiten Er murmelte leise etwas auf Italienisch, und obwohl ich kein Wort verstand, verrieten mir seine Haltung und der Klang seiner Stimme genau, was für eine Wirkung das auf ihn hatte.

Schließlich nahm er seinen Schwanz aus meinem Mund,

packte mich an den Hüften und zog meinen Körper nach hinten, so dass ich mit dem Gesicht nach unten flach auf dem Tisch zu liegen kam und meine Beine an den Seiten herunterhingen. Ich spreizte sie noch ein wenig mehr, weil ich mir sicher war, dass er mich jetzt vögeln würde – er musste es jetzt einfach tun, nachdem er mich schon so scharf gemacht hatte. Aber er tat es immer noch nicht.

Stattdessen träufelte er Olivenöl auf meinen Rücken. Die goldene Flüssigkeit floss in einem Rinnsal an meiner Wirbelsäule entlang. Er knetete mir das Öl in die Haut und massierte mich so lange, bis sich auch die letzten Verspannungen in meinem Körper gelöst hatten. Dann goss er noch mehr Öl in seine Hände, massierte meine Füße und arbeitete sich die Beine hoch. Langsam, ganz langsam rieb er das Öl in die Innenseiten meiner Schenkel und kam meinen Schamlippen dabei immer näher, doch er berührte meine Möse nicht.

Als Nächstes wandte Cristiano seine Aufmerksamkeit meinem Po zu. Er träufelte noch mehr Olivenöl auf meine Haut, die inzwischen unglaublich weich war, und benutzte seine Fäuste, um meinen Arsch mit festen, kreisförmigen Bewegungen zu bearbeiten. Das Blut schoss mir in den Unterleib. Ich entspannte mich zunehmend unter den wundervollen Berührungen seiner Hände, doch da zog er zu meinem Schrecken meine Pobacken auseinander. O mein Gott! Was hatte er vor? Bald wusste ich es, denn er steckte einen Finger in meinen Anus. Er steckte ihn richtig hinein! Noch nie hatte mich ein Mann dort berührt. Aber kaum kreiste sein Finger in meinen Arschloch, wusste ich, dass ich total darauf abfahren würde. Er ließ den Finger mehrmals vorsichtig hinaus- und wieder hineingleiten, bis sich die Muskeln an meiner Öffnung vollkommen entspannt hatten.

Cristiano wartete ab, bis er sich ganz sicher war, dass ich mich an den Finger in meinem Po gewöhnt hatte. Dann stieß er seinen Schwanz in meine geweitete, tropfende Möse. Er bewegte weiter seinen Finger in meinem Po, während er seinen Ständer in meiner Muschi versenkte. Seine Eier klatschten gegen meine Schenkel, und die kratzigen Locken seines Schamhaars kitzelten meinen öligen Rücken. Noch nie in meinem Leben hatte ich mich so »ausgefüllt« gefühlt, war so vom Sex überwältigt gewesen und mit einer solchen Hingabe *gefickt* worden. Als ich schließlich kam, zogen sich meine Möse und mein Arsch fest um seinen Schwanz und seinen Finger zusammen. Eine glühende Hitze breitete sich in meiner Möse aus und flutete hoch zu meiner Brust bis zu meinen Wangen.

Kaum war mein Orgasmus verebbt, glitt Cristiano aus mir heraus und drängte seinen Schwanz in mein Arschloch, wobei das Olivenöl ihm als Gleitmittel diente. Er stieß einmal, zweimal, dreimal in mich. Beim ersten Mal keuchte ich vor Schmerz, der zweite Stoß fühlte sich fantastisch an, und beim dritten Mal kam er und schrie dabei etwas auf Italienisch. Ich spürte, wie sein heißer Samen mir ins Loch spritzte, und ein Gefühl tiefer Befriedigung durchflutete mich, als er seinen Schwanz herauszog und sein Sperma aus mir floss und an meinen Beinen hinunterrann.

Sein perfekter, dunkelrosa gefärbter Schwanz war selbst im schlaffen Zustand noch prachtvoll anzusehen. Auch ich lag schlaff auf dem Tisch, ich war vollkommen erschöpft. Cristiano hob mich hoch, und ich ließ mich wie eine hängende Blüte in seine Arme sinken. Er trug mich hinaus zum Pool und ging mit mir die Stufen hinein ins Wasser, das trotz der warmen Nachtluft kühl war. Wir planschten im Pool herum und leckten Joghurt, Honig, Öl und Körpersäfte von unseren verschmierten Körpern, bis wir beide wieder sauber waren. Als gegen fünf Uhr früh die Sonne aufging, stolperten wir zurück ins Haus. Cristiano gab mir einen letzten langen Kuss, dann ging er wieder in den mir unbekannten Teil der Villa, wo er wohnte. Ich kehrte zurück in mein Zimmer und schlief sofort ein.

Eine aufgebrachte Emilia weckte mich um neun und hielt mir eine Standpauke, weil ich das Frühstück verpasst hatte und zu spät dran war für die morgendliche Kochlektion. Schnell zog ich mich an, murmelte eine Entschuldigung und fragte mich, ob die letzte Nacht wohl nur ein Traum gewesen sei – ein wahnsinnig erotischer und unglaublich befriedigender Traum. Cristiano entdeckte ich nirgends. Auf dem Weg zur Küche ging ich am Pool vorbei. Auf der Wasseroberfläche schimmerte eine dicke Schicht Olivenöl, und ölige Fußabdrücke führten zur Terrasse. Da wusste ich, dass meine Nacht mit Cristiano Wirklichkeit gewesen war.

Verführung mit Theaterschminke

Manche Leute behaupten, dass man in der richtigen Kleidung und mit dem richtigen Make-up eine ganz andere Persönlichkeit annehmen kann. Wenn das stimmt, dann würde man sich wohl, je extremer die Kostümierung, umso verrückter aufführen. Es ist schließlich kein Wunder, dass wir alle ein Outfit besitzen, das uns hilft, in eine bestimmte sexuelle Rolle zu schlüpfen – ein Schulmädchen im kurzen Rock mit Kniestrümpfen vielleicht oder eine Superzicke im Geschäftskostüm. Wirklich wild, so sagen die beiden jungen Frauen, die mir diese Geschichte erzählten, wird es allerdings erst dann, wenn man das Kostüm auszieht …

Meine beste Freundin Tania und ich haben uns schon immer mit Künstlern und jungen Kreativen herumgetrieben. Wir wohnen mit fünf anderen Studentinnen und Studenten in einem Haus, und irgendjemand ist stets mit einem Fotoprojekt beschäftigt, probt für das Vorsingen bei einer Indie-Band oder spielt gerade bei einer Avantgarde-Theateraufführung mit. Warum studiert man sonst überhaupt, wenn man nicht jede sich bietende Gelegenheit nutzt, um neue Erfahrungen zu sammeln?

Eines Tages brachte Tania einen Flyer von der Uni mit, mit dem eine unabhängige Produktionsfirma nach jungen Stars für einen Arthouse-Film suchte. »Hör dir das mal an, Jade«, sagte sie und hielt mir den Flyer unter die Nase. »Schauspielerinnen für Partyszene in Kurzfilm gesucht. Auftrittsgage. Unkosten werden übernommen.«

»Klingt super«, sagte ich zu Tania. »Es gibt nur ein kleines Problem: Wir sind keine Schauspielerinnen.«

»Ach, dann sind wir jetzt eben welche«, erwiderte sie mit einem spitzbübischen Grinsen. »Wir erzählen denen einfach, dass wir auf die Schauspielschule gehen. Man bezahlt uns dafür, dass wir uns aufbrezeln und ein bisschen vor der Kamera herumalbern? So ein Angebot können wir uns doch nicht durch die Lappen gehen lassen.«

Bevor ich noch etwas einwenden konnte, rief sie schon Darrel an, den Regisseur des Films. Er war ein Filmstudent im Abschlussjahr, und wie sich herausstellte, arbeitete er an einem Kurzfilm über eine wilde, dekadente Party in den dreißiger Jahren. Sein Enthusiasmus über das Filmprojekt war ansteckend, und Tania und ich malten uns begeistert aus, wie wir uns mit Federboas, Pelzen und Seidenkleidern aus dieser glamourösen Ära ausstaffierten. Darrel erklärte uns zwar, dass unsere Rollen keinen Dialog hätten, aber solche Kleinigkeiten kümmerten uns wenig bei der Aussicht, einen Theaterfundus plündern zu dürfen. Nachdem wir ihm Fotos von uns gemailt hatten, rief er zurück und meinte, wir hätten den Job und sollten uns das nächste Wochenende für die Dreharbeiten freihalten.

In einer Nebenstraße von Edinburgh hatte Darrel die perfekte Location für die Filmszene gefunden: ein altes Jugendstilrestaurant mit einer sagenhaften Wandtäfelung aus ausgefallenen Eichenpaneelen, großen Topfpalmen und altmodischen Deckenventilatoren. Wenn man eintrat, war es, als würde man einen Schritt zurück ins Goldene Zeitalter des Jazz machen. Die Tische waren beladen mit Bergen von Obst auf goldenen Platten und Tellern mit Austern auf Eis. In Kristallkelchen wurde Champagner serviert. Doch als wir einen Schluck daraus tranken, mussten wir zu unserer Enttäuschung feststellen, dass nur Apfelsaftschorle drin war.

Unsere erste Station war die Maske, wo uns die Haare in kunstvollen Wellen eng an den Kopf gelegt wurden. Unsere Augen und Augenbrauen wurden mit übertriebener Theaterschminke auffallend betont und unsere Lippen in einem glänzenden, pflaumenfarbenen Rot geschminkt.

Ich schaute mir Tanias Verwandlung im Spiegel an. Aus dem natürlichen Typ mit blonden Haaren war durch die neue Frisur und das üppige Make-up ein Vamp aus einer längst vergangenen Epoche geworden. Als meine eigene Metamorphose vollendet war, erkannte ich mein eigenes Gesicht kaum wieder: Aus dem Spiegel starrten mir die großen, runden Augen einer Leinwandschönheit aus den Dreißigern entgegen.

»Du siehst umwerfend aus«, sagte Tania, die mich im Spiegel betrachtete.

»Du auch«, erwiderte ich.

Anschließend wurden wir zur Garderobe geschickt. Hunderte von schimmernden, bodenlangen Abendkleidern hingen dort an einer Reihe von Kleiderständern. Ich suchte mir ein enganliegendes, rückenfreies Kleid aus smaragdgrüner Seide aus. Es war hinten so tief ausgeschnitten, dass man fast – wenn auch nicht ganz – meine Pospalte bewundern konnte. Die Frage, ob und welche Art von Höschen ich unter *diesem* Kleid tragen sollte, stellte sich erst gar nicht! Als ich mich ganz auszog, um das Kleid überzustreifen, bemerkte ich, dass Tania mich erneut beobachtete. Ihr Blick war intensiv, so hatte sie mich noch nie angesehen. Vielleicht war es auch nur das grelle Make-up, das ihre Augen seltsam betonte. Jedenfalls dachte ich, dass es schon okay war, wenn wir uns so besser in unsere Rollen hineinversetzen konnten. Ich rundete mein

Outfit mit einem Paar silberner Ledersandalen ab, die hinten offen waren, und drapierte mir dazu noch eine Stola aus falschem Silberfuchspelz über die nackten Schultern.

Tania hatte sich mittlerweile ein weinrotes Abendkleid übergezogen, und auch sie hatte bemerkt, dass Unterwäsche aus dem einundzwanzigsten Jahrhundert nicht unter die hautengen Kleider des vorigen Jahrhunderts passte. Ich warf einen Blick auf ihren schlanken, leicht gebräunten Körper, der mehr Rundungen besaß als meiner. Ein hübsch zurechtgestutztes blondes Haarbüschel wuchs über ihrer Möse. Plötzlich schoss mit das Blut in den Kopf, und ich schaute schüchtern weg. Die Einkleiderin reichte Tania ein Paar schwarzer Lackschuhe und eine schwarze Pelzstola, und zu guter Letzt steckte sie ihr noch eine schwarze Straußenfeder ins Haar. Wir waren beide fertig eingekleidet und starrten uns andächtig schweigend an.

»Du siehst umwerfend aus, Jade«, wiederholte Tania schließlich ihr Kompliment von vorhin.

»Du auch!«, kicherte ich. »Wer ist nur diese glamouröse, sexy fremde Frau da neben mir?«

»O Jade!«, erwiderte sie. »Ich fühle mich wie ein anderer Mensch in diesen Kleidern. Als wäre ich eine Frau, die all die wilden Dinge tun kann, die ich mich im normalen Leben nie trauen würde. Verstehst du, was ich meine?« Und plötzlich wurde mir klar, was dieses Glitzern in ihren Augen und dieser anzügliche Tonfall bedeuteten: Meine beste Freundin … *flirtete* mit mir!

»Also, das wird sicher total super«, sagte ich ein klein wenig verunsichert. »Lass uns raus ans Set gehen und sehen, wer sonst noch da ist.«

Im Restaurant fanden wir uns inmitten einer Menge von schillernden Figuren wieder, neben deren prächtigen exotischen Kostümen unsere eigenen Outfits ziemlich zahm wirkten. Neben einigen jungen Männern in Frackröcken mit langen Schößen entdeckten wir etwa ein Dutzend Fächertänzerinnen in sehr freizügigen »Kostümen«, die nichts der Phantasie überließen. Entsetzt sahen wir, dass sie außer ein paar Pailletten, die ihre Nippel und Schambehaarung bedeckten, nichts am Leib hatten. Zwei splitternackte Männer lagen zusammen auf einer Couch in einer Ecke des Sets. Eine Frau mit scharlachrot gefärbten Lippen trug einen offenen Mantel mit Leopardenmuster, dazu ein Paar hoher Stöckelschuhe und sonst nichts.

Tania und ich sahen uns leicht panisch, aber auch fasziniert an. »Um was für einen Film geht es hier eigentlich?«, stieß sie hervor.

Wir brauchten nicht lange auf eine Antwort zu warten. Tania zeigte auf einen großen, gutaussehenden Mann, der in einer dunklen Ecke stand und dort offenbar ein wichtiges Gespräch mit einem Beleuchter führte. Es war Darrel. In seinen Jeans und dem Sweatshirt schien er nicht hierherzugehören, dennoch wirkte er selbstbewusst und kompetent. Er klatschte in die Hände und bat um Ruhe. Die versammelten Schauspieler und die Film-Crew wandte sich um und schaute aufmerksam zu ihm.

»Ich danke euch, dass ihr alle gekommen seid und bei meinem bescheidenen kleinen Film mitwirkt«, fing er an. »Ich weiß, dass ihr heute alle eure Freizeit für den Dreh opfert und dass ein paar von euch noch nie vor einer Kamera gestanden haben ...« Bildete ich es mir ein, oder zwinkerte er bei diesen Worten wirklich mir und Tania zu?

»Wie ihr wisst, filmen wir heute die Orgienszene, die letzte Einstellung des Films.«

Hatte ich ihn richtig verstanden? Eine *Orgien*szene? Von einem Massenfick war beim Einstellungsgespräch nicht die Rede gewesen! Ich schaute zu Tania hinüber, die Darrel mit offenem Mund anstarrte und sichtlich genauso geschockt war wie ich.

»Keine Sorge!«, fuhr er fort. »Die meisten von euch brauchen nichts eindeutig Sexuelles zu spielen. Dafür haben wir uns ein paar Hardcore-Schauspieler aus der Abschlussklasse geholt.« Er deutete auf die Gruppe von halbnackten Menschen in der Ecke, die uns so unbekümmert und selbstsicher zuwinkten, als würden sie jeden Tag nackt vor der Kamera stehen und Sexszenen spielen. Und na ja, vielleicht taten sie das wirklich und finanzierten sich so ihr Schauspielstudium.

»Der Rest von euch wird nur im Hintergrund herumlaufen, den anderen zuschauen, vielleicht etwas essen oder trinken.« Kaum hatte er das gesagt, spürte ich, dass ich tatsächlich ein wenig enttäuscht war. Gleichzeitig wunderte ich mich über mich selbst: Offenbar wäre ich tatsächlich bereit gewesen, bei einer Orgie mitzuspielen. Vielleicht lag es an der aufgeladenen Atmosphäre, vielleicht daran, dass ich mich in meiner Verkleidung wild und lasziv geben konnte. Wie auch immer, ich war in einer übermütigen Stimmung und – das gebe ich zu – ziemlich erregt. Mir blieb jedoch keine Zeit, um zu überlegen, was eigentlich mit mir los war, denn Darrel führte uns bereits zu unseren Positionen.

Die Leute mit den wenigsten Kleidern am Leib wies er an, sich miteinander auf einem riesigen Sofa in der Mitte des Restaurants zu vergnügen. Ich konnte mir nicht vorstellen, dass alle zehn auf der samtenen Sitzfläche des Möbels Platz finden würden, doch als sich ihre Körper und Glieder ineinander verschlangen, passten sie tatsächlich alle darauf.

»Ihr beide seht gut zusammen aus«, sagte er und deutete auf mich und Tania. »Blond und brünett, ein starker Kontrast. Stellt euch neben das Sofa und schaut zu, was die anderen Gäste da treiben. Mit einem Glas Champagner in der Hand, ganz natürlich.«

»Was sollen wir machen?«, erkundigte sich Tania, und insgeheim hatte ich mich das auch gefragt.

»Spielt einfach«, sagte Darrel. Aus der Nähe sah er wirklich sehr gut aus. Seine dunklen Haare reichten bis zum Schlüsselbein, und eine Strähne fiel ihm in die Stirn, während er mit uns sprach. Mich überkam der verrückte Wunsch, sie ihm hinters Ohr zu stecken. »Stellt euch einfach vor, ihr wärt bei einer *echten* Orgie. Dann müsstet ihr wahrscheinlich dauernd hinsehen, was die anderen da so alles miteinander treiben. Seht einfach nur zu, trinkt ab und zu einen Schluck Champagner und bewegt euch ganz ungezwungen, wie auf einer wirklichen Party. Und falls es euch die Sache erleichtert: Die Zuschauer werden sich höchstwahrscheinlich mehr für das interessieren, was auf dem Sofa passiert, und euch gar nicht beachten.«

»Alles klar«, sagte Tania und lachte dabei nervös. »Keine Sorge, wir schaffen das.«

Im nächsten Moment standen wir im grellen Licht der Scheinwerfer, und Darrel rief: »Action.« Ein Streicherensemble fing an, ein Jazzstück zu spielen, und die Masse aus menschlichen Leibern vor uns auf dem Sofa erwachte zum Leben. Arme, Ärsche, Titten, Rückenpartien, Beine und Zungen bewegten sich aufeinander zu und umschlangen sich, als wären sie in wilder Leidenschaft gefangen. Ich konnte nur noch mit offenem Mund auf das Sofa starren. War das wirklich nur Schauspielerei? Sie waren sicher alle total scharf aufeinander – man kann einfach nicht zwischen all der nackten Haut liegen und nicht wenigstens ein bisschen Lust dabei empfinden. Ich spürte, wie ich rot wurde. Gott sei Dank hatte ich so viel Theaterschminke im Gesicht, das niemand meine vor Scham glühenden Wangen sehen konnte. Neben mir gab Tania einen leisen Seufzer von sich, auch sie schien bei der Darbietung nicht ganz kalt zu bleiben.

»Okay, Leute, das war klasse«, sagte Darrel an die Masse an Leibern gewandt, die sich unter uns auf dem Sofa wand. »Aber ihr beiden – von euch will ich doch ein wenig mehr Bewegung sehen. Ich weiß, es ist faszinierend, aber … könnt ihr mal kurz herkommen, Mädels?«

Tania und ich traten zu Darrels Regiestuhl. »Hört mal, Tania, Jade. Ihr beide seht so gut zusammen aus, da hätte ich gerne mehr davon im Bild. Ich weiß, das war eigentlich nicht vereinbart, aber kann ich euch irgendwie davon überzeugen, dass ihr eure Rollen noch ein wenig aufpeppt? Das würde die ganze Szene noch intensiver machen. Nichts zu Sexuelles, nur ein Kuss, und ihr braucht auch nur so zu tun, als ob. Ihr müsst dafür nicht die Kleider ausziehen oder so.«

In meinem Kopf ging alles drunter und drüber. Sicher, der Anblick hatte mich scharf gemacht, aber ich hatte von Sex mit einem Kerl phantasiert … irgendwann später, sicher nicht vor laufender Kamera. Dennoch verspürte ich heute in Tanias Nähe ein besonderes Gefühl, einen seltsamen Kitzel. Ich dachte daran, wie ich vor einer knappen Stunde in der Garderobe die schlanken Kurven ihres nackten Körpers bewundert hatte. Plötzlich sah ich ihre Brüste und ihren flachen Bauch vor mir und wollte sie unbedingt küssen. Aber sie war meine beste Freundin. Was, wenn ich mich einverstanden erklärte, und Tania schon den Gedanken daran eklig fand? Es wäre das Ende unserer Freundschaft.

Glücklicherweise half mir Tania aus der Klemme. »Ich dachte schon, du fragst uns nie«, sagte sie mit einem kessen Grinsen in Darrels Richtung.

»Äh, ja«, stotterte ich. Ein wenig überrascht war ich doch darüber, wie unerwartet bereitwillig meine beste Freundin auf den Vorschlag des Regisseurs einging. »Äh, ja, für mich ist das auch okay.«

»Klasse«, sagte Darrel. »Noch mal, macht einfach, was euch

in den Sinn kommt. Ein kleiner Kuss, nichts Explizites. Ich möchte ein wenig Bewegung am Rand, damit den Zuschauern noch mehr geboten wird, aber ihr sollt nicht der Hauptszene die Schau stehlen.«

Ich schaute hinüber zum Sofa und sah eine wunderschöne Frau auf allen vieren, mit nichts am Körper außer einem einzelnen Seidenstrumpf und einer Pfauenfeder, die sie sich zwischen die Pobacken geklemmt hatte.

»Ich kann mir nicht vorstellen, dass wir *ihr* die Schau stehlen«, sagte ich. Wir mussten alle drei lachen, und die angespannte Stimmung löste sich.

»Also los dann, Ladys«, sagte Darrel und rief uns noch nach: »Was mich angeht, also ich finde, ihr seht beide verdammt geil aus.« Bei diesen Worten verwandelten sich die vagen Regungen von Lust, die ich die ganze Zeit über gespürt hatte, in ein eindeutiges und scharfes Ziehen zwischen meinen Schenkeln.

Wir gingen zurück auf unsere Positionen. Ich war hin- und hergerissen zwischen Angst und erwartungsvoller Spannung. Gleich würde ich meine beste Freundin küssen. Vor laufender Kamera. Die Körper vor uns auf dem Sofa fingen wieder an, sich rhythmisch zu bewegen und zu stöhnen, und ich gewann an Selbstsicherheit. Die Schauspieler hatten keine Probleme damit, so zu tun, als hätten sie echten Sex mit gleich mehreren Partnern. Da brauchte ich nicht nervös zu werden wegen eines kleinen Kusses zwischen Freundinnen.

Wir hörten Darrels Anweisung.

»Tania, Jade, legt los«, sagte er aus dem Dunkeln hinter der Kamera.

Tania und ich schauten uns an, dann schloss ich meine Augen. Als Nächstes spürte ich ihren heißen, frischen Atem auf meinen Lippen, und ihr Mund berührte meinen. Sie schmeckte nach dem fruchtigen, perlenden Apfelsaft, den wir aus den Champagnerkelchen getrunken hatten, und ich hoffte, dass ich auch danach schmeckte. Ich erwiderte ihren Kuss zuerst ganz sanft und war erstaunt, wie warm und seidenweich sie sich anfühlte. Intuitiv ließ ich meine Zunge zwischen Tanias Lippen gleiten und hoffte, dass es ihr gefiel. Doch sie saugte meine Zunge gierig in den Mund, öffnete die Lippen noch mehr und ließ ihre Zunge über meine gleiten.

Unsere Körper bewegten sich gleichzeitig aufeinander zu. Der Stoff unserer Kleider war extrem dünn, und als unsere Brüste sich berührten, konnte ich spüren, wie ihre Brustwarzen hart wurden. Ihr Körper pulsierte vor Hitze und sexueller Erregung, genau wie meiner. Ich legte eine Hand auf Tanias Po und zog sie näher zu mir heran, worauf sie die Hüften eng an mich drückte. Ich konnte keinen klaren Gedanken mehr fassen. Im einen Moment wollte ich einfach nur meinem Körper folgen, der mir klar sagte, wie gut sich das anfühlte, im nächsten dachte ich: Spinnst du, das ist *Tania*! Was tue ich hier eigentlich? Eines war jedenfalls klar: Die Schauspieler auf dem Sofa brauchte ich nicht mehr anzustarren, um geil zu werden. In meinen Gedanken, meinen Gefühlen und meiner Vorstellung war nur noch Tania.

Der Kuss wurde wilder und leidenschaftlicher, und wir verschmierten dabei das dunkle, feuchte Lipgloss, mit dem wir geschminkt waren. Dann wurden wir abrupt unterbrochen.

»Cut!« Darrels Stimme holte mich aus meiner Phantasie. Tania und ich lösten uns voneinander, und im ersten Moment wagten wir nicht, uns in die Augen zu schauen. Mussten wir jetzt, wo die Kamera ausgeschaltet war, so tun, als hätte dieser Moment voll von hitziger Elektrizität niemals stattgefunden?

»Jade, verdammte Scheiße. Ich hatte keine Ahnung, dass du so gut küssen kannst«, sagte Tania und meinte das nur halb im Spaß. Um ihren Mund – und um meinen vermutlich ebenso – waren Spuren des burgunderroten Lippenstifts. Es sah aus, als hätten wir beide zerdrückte Beeren gegessen oder einen dunklen, dickflüssigen Likör getrunken.

»Schmink sie nach, aber nicht zu sehr«, sagte Darrel zu dem Mädchen von der Maske. »Mir gefällt die Vorstellung, dass sie vor der Party eine heiße Nummer geschoben haben oder so was. Dass sie sich geküsst haben, bevor sie überhaupt wussten, dass hier eine Orgie gefeiert wird.« Dann wandte er sich zu uns: »Ist das okay für euch, Mädels? Ihr seid geborene Schauspielerinnen. Was gut ist, denn wir müssen die ganze Szene noch mal drehen – und zwar bitte, ohne dass dein Bein Jennys Titten verdeckt, Oliver«, sagte er zu einem nackten Mann, der auf einer der Fächertänzerinnen lag.

»Geht klar«, antwortete Oliver, den das Ganze sichtlich kaltließ. Tania und ich waren ganz eindeutig die Einzigen am Set, denen es bei diesen Dreharbeiten an professioneller Distanz mangelte.

Wir filmten die Szene noch einmal. Wieder starrten Tania und ich die Schauspieler vor uns an, die so taten, als hätten sie Sex. Doch dieses Mal schauspielerten wir wirklich, denn uns beiden war klar, dass wir uns am liebsten gleich wieder geküsst hätten. Und so zögerten wir beim zweiten Kuss nicht, sondern brachten sofort unsere Münder zusammen. Unsere Lippen fanden sich instinktiv, und wir schmiegten unsere Körper aneinander. Tania schob ihr Knie zwischen meine Beine, bis ihr Oberschenkel die empfindliche Stelle zwischen meinen Schenkeln berührte. Die Silberfuchsstola glitt mir von den Schultern und fiel zu Boden, wobei der Pelz über meinen Körper strich.

Undeutlich vernahm ich Darrels Anweisungen im Hintergrund. Er rief: »Okay, Leute, das ist super! Legt euch richtig ins Zeug! Improvisiert! Macht alles, was sich gut anfühlt!«

Ich improvisierte, nahm einen Kelch mit »Champagner«

und hielt ihn Tania an die Lippen. Sie nippte zuerst nur daran, doch dann nahm sie einen großen Schluck, stürzte sich wieder auf mich und küsste mich, wobei sie den süßen, perlenden Saft in meinen Mund fließen ließ. Etwas von der Flüssigkeit rann mir den Hals hinunter bis zum Schlüsselbein. Ohne lange zu überlegen, brachte Tania den Mund an meinen Hals und leckte den Saft ab. Dabei saugte sie wie ein Vampir mit Zunge und Zähnen gierig an meiner Haut.

Ich schaute hinunter auf ihren glatten, blassen Nacken und ihre goldenen Locken. Die Orgie auf dem Sofa war in vollem Gange, und das Kamerateam konzentrierte sich auf die zehn halbnackten Körper. Zwei junge Frauen, die als Fächertänzerinnen kostümiert waren, knieten einander gegenüber. Die beiden gaben sich leidenschaftlichen Zungenküssen hin und rieben ihre Titten aneinander, wobei sich die Pailletten von ihren Nippeln lösten und auf ihre Spielgefährten fielen. Ich beneidete sie um ihre halbnackte Kostümierung und wünschte mir, dass ich und Tania mit auf dem Sofa wären. Am liebsten hätte ich uns die Kleider ausgezogen, denn ich sehnte mich danach, Tanias Haut auf mir zu spüren. Ihr heißer Mund war inzwischen zu einer meiner Brüste gewandert, und mein Nippel wurde hart und richtete sich auf. Ich konnte es kaum erwarten, bis Tania ihn zwischen ihre Lippen und Zähne nahm.

»Das ist großartig«, sagte Darrel und rieb sich die Hände. »Ich lass die Kamera einfach so lange laufen, bis euch die Ideen ausgehen.«

Ich griff nach einem Bündel Trauben, das auf einer der goldenen Platten lag, und hielt sie über uns. Dabei kam ich mir vor wie eine antike römische Göttin. Langsam senkte ich die Trauben, bis sie zwischen meinem und Tanias Mund schwebten. Wir kämpften beide gierig um die Früchte und rissen sie einzeln mit den Lippen ab, wobei sich immer wieder unsere Zungen ins Gehege kamen. Mit den Trauben taten wir das, was wir eigentlich mit unseren Titten vorhatten: Wir saugten daran und bissen zwischendurch heißhungrig zu. Der anschließende Kuss schmeckte süß, und unsere Gesichter glänzten vom Saft der Trauben. Ich fuhr mit der Hand über Tanias Nippel, die sich aufrecht und stolz unter dem Kleid abzeichneten, und zog mit der Fingerspitze kleine Kreise im weichen Fleisch um ihre Brustwarzen. Ihre Küsse wurden wilder, und ich verstärkte den Druck, wobei ich ganz leicht mit dem Fingernagel über diese wahnsinnig empfindliche Stelle strich. Tania stöhnte unwillkürlich auf vor Lust, woraufhin meine Möse sofort feucht wurde.

»Cut!«, erklang da Darrels Stimme. »Das war eine super Leistung, Leute. Wir brauchen, denke ich, nicht noch eine Aufnahme. Ich habe alles für den Film im Kasten. Damit sind wir fertig, der Dreh ist zu Ende!«

Ich war ziemlich enttäuscht, weil es so schnell vorbei war, aber gleichzeitig auch erleichtert, dass ich Tania nicht mehr vor der Kamera küssen musste. Sicherlich würden diese seltsamen Lustgefühle, die ich für sie empfand, gleich wieder aufhören, und wir konnten zu unserer normalen Freundschaft zurückkehren. Wer weiß, wie weit ich mit ihr gegangen wäre, wenn wir noch fünf Minuten länger gedreht hätten.

»Alles klar«, sagte Darrel. »Vielen Dank, Leute. Es war super. Zieht euch um, wir treffen uns dann in einer Stunde in der Bar nebenan. Echten Champagner kann ich euch nicht versprechen, aber ich spendiere eine Runde für alle, die schnell genug da sind.«

Bei der Ankündigung, dass umsonst Alkohol ausgeschenkt würde, stürzten alle in die Garderoben – die eigentlich die Toiletten des Restaurants waren –, um sich so schnell wie möglich abzuschminken und die Kostüme auszuziehen.

Tania und ich folgten etwas langsamer und hielten uns dabei an den Händen.

Wir waren schon öfter Hand in Hand gegangen, hatten uns bei der anderen eingehängt und uns in die Arme genommen, wie es gute Freundinnen tun. Doch jetzt sagten wir kein Wort, und Tania streichelte die zarte Haut an der Innenseite meines Handgelenks. Das hatte sie noch nie gemacht.

In der Garderobe wimmelte es von lachenden Schauspielschülerinnen. Falls sich jemand über das wunderte, was wir gerade getan hatten, ließ es sich niemand anmerken. Ich griff nach der Abschminkcreme, um das Make-up aus meinem Gesicht zu entfernen.

»Nicht«, sagte Tania. »Mir gefällt, wie du aussiehst.«

»Was?«, sagte ich und wurde ganz schüchtern.

»Mir gefällt die Frau, die du in diesem Kleid bist, mit dieser Frisur und diesem Make-up. Und ich habe etwas vor mit dir, aber dafür musst du noch eine Weile in dieser Rolle bleiben.«

»Was hast du denn vor mit mir?«, fragte ich, doch ich wusste die Antwort schon.

Tania nahm einfach meine Hand und führte mich in einen großen Waschraum. Wie im Restaurant war auch hier die Einrichtung im Jugendstil gehalten, mit Palmen und Eichentäfelung. Wir schauten in den Spiegel und erkannten uns und erkannten uns doch nicht. Die Kleider, die Frisuren und das Make-up hatten uns in zwei Frauen aus einer anderen, dekadenten Ära verwandelt, begierig auf der Suche nach der nächsten neuen Erfahrung.

»Jade«, sagte Tania, »ich möchte das zu Ende bringen, was wir vor der Kamera angefangen haben.«

Wir halfen uns gegenseitig aus den Kleidern. Tania hielt die Arme hoch, und ich streifte ihr das Abendkleid über den Kopf. Ich schob einfach mein rückenfreies Kleid von den Schultern und ließ es zu Boden gleiten. Meine Brüste waren zwar kleiner als Tanias pralle, runde Titten, doch meine Nippel waren so hart und voll, dass meine Brüste viel größer wirkten als sonst. Tanias Brustwarzen waren braun und dunkel wie Nüsse und standen spitz ab. Ihr großer Busen hob und senkte sich mit jedem Atemzug.

Wir küssten uns und drückten unsere Körper aneinander, so dass ich endlich Tanias Haut spüren konnte. Es war viel unvermittelter und erregender als vorher, als wir im Kostüm vor der Kamera geschauspielert hatten. Jetzt taten wir nichts mehr nur zum Schein, sondern ließen uns von unserem Gefühl leiten. Tania presste sich so eng an mich, dass ihre Brüste flach gegen meine Titten gedrückt wurden. Es war unglaublich erregend. Mein Muff rieb gegen ihren, und es knisterte förmlich zwischen uns, so aufgeladen waren wir.

Dann tat sie endlich das, was ich mir schon vorhin beim Dreh so sehr gewünscht hatte: Sie beugte sich hinunter, nahm meinen Nippel zwischen ihre Lippen, saugte daran und ließ ihre Zunge sanft darum herum kreisen. Das Gefühl war einzigartig und törnte mich wahnsinnig an. Ich konnte nicht fassen, dass ich so etwas noch nie zuvor erlebt und gespürt hatte. Ich streichelte die empfindliche Haut in ihrem Nacken und flüsterte ihr dabei ins Ohr: »Himmel, Tania, ich kann's einfach nicht glauben, was wir hier machen. Aber es fühlt sich so gut an …«

Tania nahm meine Brust zwischen die Zähne und biss zu, sanft zwar, aber dennoch so hart, dass ich aufschrie. »Jetzt bin ich dran«, sagte sie und streckte mir ihre große, runde Brust entgegen. Ich schloss die Lippen um den Nippel und saugte vorsichtig daran. Doch bald konnte ich mich nicht mehr zurückhalten und saugte fester und gieriger. Ich wollte ihre Brust in meinem Mund spüren, öffnete die Lippen, so weit ich konnte, und versuchte die ganze prachtvolle Titte in meinem Mund verschwinden zu lassen.

Währenddessen tasteten sich Tanias Finger zu meiner Klitoris vor und streichelten sie ganz zart, bis ich vor Erregung in ihren Busen stöhnte. Ich hob den Kopf, suchte ihre Lippen, küsste sie lange und erforschte dabei mit der Zunge ihren Mund. Dann lehnte ich mich zurück, um sie mir noch einmal anzuschauen. Ihr Anblick zwischen den Küssen machte mich nur noch schärfer.

Mit gespreizten Beinen und halb trunken vor Erregung stolperte Tania rückwärts, bis sie mit dem Rücken an den kalten Wandfliesen lehnte. Wir hatten uns oft über Männer unterhalten, deshalb wusste ich, dass sie auf dominante Sexpartner stand und es liebte, wenn sie im Bett die Kontrolle übernahmen. Ich war wahnsinnig erregt und so scharf auf sie, dass ich aggressiv und selbstbewusst wurde. Sie wollte überwältigt werden, und ich wusste genau, wie ich sie am besten zum Orgasmus brachte. Um ihre Klitoris musste ich mich nicht mehr kümmern, es tropfte schon aus ihrer Möse. Ein süßer, nussiger Geruch umgab uns, den ich auch in meinem eigenen Slip riechen konnte, wenn ich erregt war. Der aromatische, würzige Duft erfüllte die Luft des Waschraums, und mein Puls schlug lauter und schneller als je zuvor. Ich legte die Finger meiner rechten Hand zusammen und stieß sie alle gleichzeitig in Tanias Möse. Sie gab einen leisen, wimmernden Laut von sich, woraufhin ich die Linke zur Faust ballte und sie ihr in den Mund schob.

Sie biss vor Lust in meine Hand, die ihr erregtes Keuchen dämpfte. Ich bewegte und drehte meine Finger in ihrer Muschi, fand die kleine fleischige Erhebung ihres Lustpunkts und stimulierte ihn mit den Knöcheln. Immer wieder fuhr ich darüber, vor und zurück, bis sich Tanias ersticktes Keuchen in ekstatische Schreie verwandelte.

Sie war zu abgelenkt von dem, was ich mit ihrem Körper anstellte, und hatte aufgehört, meine Klitoris zu streicheln.

Vor Erregung wurde ich gierig und dachte nur noch an mein eigenes Vergnügen: Ich stieß meine Hand immer fester und schneller in Tania und wollte, dass sie endlich kam und sich um mich kümmerte. Es dauerte nur wenige Sekunden, dann explodierte sie und biss dabei fest in meine eine Hand, während sich die Muskeln ihrer Muschi um die Finger meiner anderen krampften.

Noch nie in meinem Leben war ich so wahnsinnig scharf auf einen Orgasmus gewesen. Als ich die Finger aus Tanias Möse zog, glänzten sie von ihren Säften. Mit der verschmierten Hand griff ich nach Tanias Fingern, doch sie wusste schon, was ich wollte. Sie konnte sich nicht mehr auf den Beinen halten und sank auf den Boden. Ich blieb stehen, so dass meine Möse sich auf der Höhe ihrer Augen befand. Tania steckte zwei Finger in mich, zog sie zur Hälfte heraus und schob sie wieder hinein. Dann fuhr sie mit der Zunge über meine Schamlippen, drückte ihre steife, feuchte Zungenspitze gegen meine Klitoris und ließ sie langsam kreisen. In meiner Klitoris pochte es heftig, ich war kurz vor dem Höhepunkt, und mein ganzer Körper spannte sich an. Abrupt hörte Tania auf, mich zu lecken und saugte fest an meiner Klit. Als ihre Zunge noch einmal kurz über meine Perle glitt, kam ich. Meine Knie zitterten wie noch nie, die Spannung löste sich im Höhepunkt, und ich verlor für süße Augenblicke jede Kontrolle über meinen Körper. Ich sank zu Boden und glitt dabei mit meiner Möse an Tanias Oberkörper entlang, bis ich ihr gegenüber auf den Fliesen des Waschraums saß. Wir küssten uns noch einmal, und ich schmeckte meinen eigenen Saft auf ihren Lippen.

Draußen im Gang vor der schweren Mahagonitür hörten wir die anderen Schauspieler herumlaufen und kichern. Darrels Stimme rief: »Wo sind Jade und Tania? Die sind hoffentlich nicht mit den Klamotten abgehauen.« Wir schauten uns an, prusteten los und mussten beide so heftig lachen, dass wir uns in die Arme fielen. Ich wusste genau, was uns durch den Kopf ging: Hier im Waschraum hätte er eine Szene filmen können, die alles andere in den Schatten stellte. Im Vergleich zu dem, was wir hier getrieben hatten, war seine Orgienszene ziemlich harmlos.

Wir strichen uns gegenseitig die Haare glatt und wischten uns die Theaterschminke vom Gesicht. Nun waren wir wieder Jade und Tania, und unser Abenteuer erschien uns wie eine Phantasie, meilenweit entfernt von den Frauen, die wir eigentlich waren. Ich wusste nicht, was über uns gekommen war. Es mussten die Kleider gewesen sein, das Make-up und das Gefühl, eine andere Frau aus einer verruchten Epoche zu sein, die alles tun durfte, was sie wollte. Für diesen einen magischen Nachmittag hatten wir die Realität hinter uns gelassen.

Ich schaute zu Tania hinüber, mit ihrem verwuschelten Haar und dem natürlichen Gesicht. Sie schien nichts gemein zu haben mit der Verführerin aus einer vergangenen Zeit, die es mir so heftig im Waschraum eines Restaurants besorgt hatte. Wahrscheinlich müssen wir ab und zu unsere Phantasie ausleben, damit sich die Wirklichkeit so gut anfühlt.

Vorspiel zu viert

Können Sie sich vorstellen, dabei zuzusehen, wie Ihr Mann mit einer anderen Frau schläft? Überlegen Sie sich die Antwort gut. Die meisten von uns haben gewisse Besitzansprüche und sind eifersüchtig, wenn es um ihre Männer geht. Allein bei der Vorstellung, ihn zusammen mit einer anderen Frau zu sehen, wollen wir ihn am liebsten am Bett festbinden, damit er erst gar nicht in Versuchung kommt! Dennoch ist dies eine überraschend verbreitete sexuelle Phantasie von Frauen und manche geben ihren Männern sogar Gelegenheit für einen Seitensprung.

Jessica, die mir die folgende Geschichte erzählte, dachte immer, sie würde es nicht aushalten, wenn ihr Mann fremdginge. Doch in einer glühendheißen Nacht auf einer weit entfernten Insel fand sie heraus, dass das Gegenteil der Fall war …

Ich könnte sterben für den Sex, den mein Mann Alex und ich im Urlaub haben. Es gibt nichts Vergleichbares in meinem Leben. Für den Rest des Jahres hat sich eine angenehme Routine in unser Liebesleben eingeschlichen: Sonntagmorgens bleiben wir faul im Bett liegen. Das geht dann meistens in Sex über, der in einer unserer beiden Lieblingspositionen vollzogen wird, immer zärtlich und befriedigend ist und exakt einundzwanzig Minuten dauert. Aber im Urlaub … ja, im Urlaub sieht unser Sexleben ganz anders aus. Kaum sitzen wir in einer tropischen Bar und nippen an den ersten Cocktails, regt sich die Lust, und schon wenige Stunden nach der Ankunft auf dem Flughafen vögeln wir wie Teenager, die den Sex gerade erst entdeckt haben. Von dem alten Ehepaar, das wir in Wirklichkeit sind, ist dann nichts mehr zu sehen. Dabei sind wir gar nicht alt, wir sind beide noch nicht einmal dreißig. Wenn man allerdings schon seit sieben Jahren zusammen ist, dann geht es im Bett unweigerlich etwas ruhiger zu, und der Sex wird ein wenig vorhersehbar. Doch auch wenn unser Sexleben auf eingefahrene Gleise geraten ist, jammere ich nicht und mache mir auch keine Sorgen. Ich buche einfach unseren Urlaub, denn ich weiß, kaum haben wir beide irgendwo bei Meer, Sonnenschein und Sand Energie getankt, schon knistert es wieder zwischen uns.

Einen so mondänen Urlaub wie den, von dem ich Ihnen erzählen möchte, hatten wir uns bis dahin noch nie geleistet: Wir hatten uns in einem kleinen, exklusiven Resort auf den Seychellen eingemietet, einem Ferienclub, der jeden Luxus bot. Es gab keine nervenden Kinder, die Cocktails waren im Preis inbegriffen, die ausgezeichnete Küche war rund um die Uhr geöffnet. Dazu kamen die weißen, feinsandigen Strände, wo wir uns in der Sonne aalten. Unsere Unterkunft war eine private Hütte auf Stelzen, die auf einen mit Lotusblüten überwucherten See hinausragte. Mitten in der Hütte stand ein riesiges Bett, das mit exotischen Blütenblättern bestreut war. Völlig erschöpft und müde vom Jetlag kamen wir an und schliefen sofort ein, während die Wellen gegen die Wände der Hütten schlugen. Als wir später am Nachmittag aufwachten, waren wir heiß, und zwar im wörtlichen wie übertragenen Sinn. Ich ließ den Blick über Alex' Körper gleiten. Er war immer noch so attraktiv wie vor sieben Jahren, wenn nicht sogar noch attraktiver. Ich liebe seinen flachen Bauch, seine kräftigen Beine und die dunkle Haarlinie, die unterhalb seines Nabels beginnt und sich zu seinem Penis hinunterschlängelt. Als ich seinen nackten Schwanz betrachtete, begann der sich zu regen. Ich streichelte ihn, bis er steinhart war. Währenddessen glitt Alex' Hand zu meiner Klitoris und rieb sie sanft. Er wusste genau, wie ich es am liebsten mochte. Wir hatten nichts vor, und es gab niemanden, der uns ablenkte, und so ließen wir uns viel Zeit für zärtlichen Sex am Nachmittag. Dieser Urlaub fing schon einmal sehr gut an.

Am Abend warfen wir uns ein paar leichte Klamotten über und erkundeten das Resort. Die Vielfalt an sinnlichen Eindrücken war überwältigend – der Duft leuchtender Blumen lag in der Luft, und überall hingen bunte Stoffe vor den Fenstern oder lagen auf Böden und Sitzflächen. Die Mitarbeiter des Resorts hätten allesamt als Models Karriere machen können. Allein ihr Anblick war ein sinnlicher Genuss, dazu waren sie überaus freundlich und witzig und lasen uns jeden Wunsch von den Lippen ab.

Die anderen Gäste, allesamt junge Paare, waren ähnlich glamourös und gutaussehend, was sicher damit zu tun hatte, dass es sich um ein exklusives Resort handelte. Als ich meinem attraktiven Gatten auf einem Holzpfad zu einem mit Lichterketten beleuchteten Restaurant folgte, bemerkte ich, wie einige Köpfe sich nach ihm umdrehten. Kurz flammte Eifersucht in mir auf, dann erfüllte mich ein Gefühl von stolzer Befriedigung darüber, dass ich einen so gutaussehenden Mann an meiner Seite hatte. Dahinter spürte ich noch etwas anderes, ein prickelndes Lustgefühl, mit dem ich nicht gerechnet hatte. Ich fuhr mit der Hand unter sein Hemd und kniff ihm spielerisch in den Nippel. Er beugte sich vor und biss mir in die Hand. Ich kicherte leise.

Alle Tische waren besetzt, und der Kellner schlug vor, wir sollten doch an der Bar erst einmal einen Aperitif zu uns nehmen, um die Wartezeit zu überbrücken. Der Barkeeper war ein leibhaftiger Adonis, und ich hatte nichts dagegen, von ihm meinen Cocktail serviert zu bekommen. So gingen wir an die Bar und setzten uns auf zwei Barhocker neben einem unglaublich blonden und braungebraunten Paar, das von Kopf bis Fuß in Weiß gekleidet war. Als ich es mir auf dem Hocker bequem machte, stieß ich mit dem Ellbogen aus Versehen den buntschillernden Cocktail des Mannes um. Das Getränk ergoss sich über die Theke und über sein weißes Hemd. Ein orangefarbener Fleck breitete sich auf dem dünnen Baumwollstoff aus und ließ die Haut des Mannes durchschimmern. Ich konnte jede Wölbung seines Waschbrettbauchs und seine hellbraunen Brustwarzen erkennen. Ein paar Augenblicke lang war ich so fasziniert von dem Anblick, dass ich vollkommen vergaß, mich zu entschuldigen.

»O Gott, das tut mir wirklich leid«, sagte ich, als mir meine gute Kinderstube wieder einfiel. »Darf ich Ihnen einen neuen Cocktail bestellen? Und das *Hemd!* Ich kaufe Ihnen ein neues.«

»Nur keine Umstände«, erwiderte er in einem breiten australischen Akzent, der sehr sexy klang. Dann stellte er sich vor. »Ich bin Brad, und das ist meine bessere Hälfte, Laura. Einen Augenblick bitte.« Damit knöpfte er sich das Hemd auf, und ein durchtrainierter, goldbrauner Oberkörper kam darunter zum Vorschein.

»Hallo, Laura, hallo, Brad.« Ich schüttelte die beiden braungebrannten Hände, die sich mir entgegenstreckten, und gab mir dabei alle Mühe, nicht auf den halbnackten Mann neben mir zu starren.

»Engländer, stimmt's? Ihr seht beide ein bisschen blass aus. Gerade erst angekommen?«

Ich nickte, während Alex unsere Drinks bestellte und den Barkeeper bat, Brad den gleichen Cocktail noch mal einzuschenken und auch Laura einen neuen Drink zu servieren.

»Stimmt, wir sind erst heute Mittag angekommen«, sagte ich. »Ist es nicht herrlich hier?«

»Wunderschön«, stimmte mir Laura zu, die ihre Hände über Brads Brust gelegt hatte. »Wir sind seit zehn Tagen hier. Und in ein paar Tagen müssen wir schon wieder abreisen, nicht wahr, Baby?«

Ich hatte noch nie ein Paar getroffen, das so demonstrativ seine körperliche Zuneigung zur Schau stellte wie Brad und Laura. Alex und ich tauschten gerne in der Öffentlichkeit Zärtlichkeiten aus. Nicht selten gaben uns Freunde den wohlgemeinten Rat, wir sollten uns doch lieber gleich ins Bett »zurückziehen«. Doch verglichen mit diesem Paar waren wir der Inbegriff britischer Zurückhaltung. Sie hatten die Beine umeinandergeschlungen und konnten die Hände nicht voneinander lassen. Sie streichelten sich die ganze Zeit. Mitten im Gespräch fuhr Brad mit der Hand unter den Spaghettiträger von Lauras Sommerkleid und strich ihr zärtlich übers Schlüsselbein. Ohne es zu wollen, erblickte ich für einen Moment ihren Busen, der braun war wie der Rest ihres Körpers. Nur ihr Nippel hatte einen blassrosa Farbton.

Nach einer Weile tauchte unser Kellner wieder auf. »Es tut mir wirklich leid, dass Sie so lange warten müssen«, sagte er.

»Das macht gar nichts«, antwortete Alex. »Uns ist es hier an der Bar überhaupt nicht langweilig.« Es stimmte, wir unterhielten uns wunderbar. Und die Cocktails auf leeren Magen hatten uns alle lockerer gemacht, auch wenn ich es morgen bereuen würde. Doch im Moment waren wir leicht angeheitert und vergnügten uns köstlich.

»Ach«, sagte der Kellner, »gerade ist ein Vierertisch frei geworden. Vielleicht wollen Sie und Ihre Freunde zusammen speisen …?«

Wir schauten uns alle an. »Aber sicher doch, warum denn nicht?«, sagte Laura, und Brad setzte im Spaß nach: »Wir wollen sowieso so nah wie möglich bei euch sitzen. Neben euch Bleichgesichtern kommt unser knackiger Teint gleich noch besser zur Geltung.«

Wir aßen Meeresfrüchte und Salate unterm freien Sternenhimmel und unterhielten uns so ungezwungen, als wären wir alte Freunde. Ich hatte seit Ewigkeiten keinen solchen Spaß mehr gehabt. Es wurde viel geflirtet am Tisch – ein- oder zweimal streifte Brad mich oder legte mir die Hand auf den Arm, wenn er beim Erzählen etwas betonen wollte. Und immer, wenn Alex zu Laura hinübersah, drückte sie die Ellenbogen zusammen, damit ihre Titten noch größer wirkten. Mir machte das nichts aus. Ich hatte ein sicheres Gefühl, weil wir alle in einer glücklichen Beziehung lebten. Es war nicht zu erwarten, dass sich etwas aus der Flirterei ergeben würde – oder doch?

Schließlich räumte der Kellner die leeren Teller ab, und weil wir inzwischen alle ziemlich betrunken waren, kam das Gespräch immer öfter auf Sex. Laura beugte sich verschwörerisch über den Tisch und flüsterte: »Es gibt hier in der Gegend ein paar abgelegene Strände, die sagenhaft sind, wenn man … na, ihr wisst schon, Zeit zu zweit verbringen will. Wir haben gestern eine Bucht entdeckt, die man nur schwimmend erreichen kann. Da verirrt sich nie jemand hin. Man kann einfach am Strand vögeln, während einem die Sonne auf den Rücken scheint. Habt ihr so was schon mal gemacht?«

Ich schüttelte den Kopf. Die Vorstellung, wie Brad und Laura im weißen Sand miteinander vögelten, machte mich ziemlich an.

»Ach, dann müsst ihr unbedingt mal zu der Bucht schwimmen«, sagte sie. »Ich sag euch, es gibt nichts Geileres als in der Sonne liegen und ficken.«

Natürlich mussten wir uns daraufhin gegenseitig von unseren sexuellen Abenteuern erzählen, um zu sehen, wer die gewagtesten Sachen getrieben hatte. Alex und ich berichteten Brad und Laura, wie wir einmal, als unser Wagen auf der Autobahn liegengeblieben war, auf dem Rücksitz gefickt hatten und dabei natürlich vom ADAC-Mann erwischt worden waren. Sie fuhren mit einer Geschichte über einen Sexclub auf, den sie zum Spaß besucht hatten. Am Ende waren sie so weit gekommen, dass Laura Brad auf der Bühne einen geblasen hatte. Wir erzählten ihnen danach die Geschichte aus unseren Flitterwochen, als ich Alex auf dem Hotelbalkon einen runtergeholt hatte. Er war schneller gekommen als erwartet und hatte die ganze Ladung auf die Sonnenanbeter im Stockwerk unter uns gespritzt. Wir lachten uns halb tot über die Story, doch dann ließen Brad und Laura die eigentliche Bombe platzen.

Sie warfen sich einen geheimen Blick zu, dann sagte Laura: »Und dann war da diese eine Nacht, als wir einen flotten Vierer gemacht haben.«

»Ja, Mann«, sagte Brad mit einem wehmütigen Ton in der Stimme. »Wir hatten dieses wundervolle, gutaussehende Paar auf einer Party kennengelernt und mit zu uns nach Hause genommen. Sie sahen sogar ein bisschen aus wie ihr zwei. Ja, Mann, das war eine wilde Nacht.«

»Habt ihr je ...?«, setzte Laura an.

»Nein, nein«, entgegnete Alex, bevor ich antworten konnte. »Wir haben noch nie so etwas gemacht.«

Als er das sagte, ging meine Phantasie vollkommen mit mir durch. Mir schossen Bilder durch den Kopf, wie ich mit Brad fickte, Bilder, die eine deutliche Nachricht an meine Klitoris sendeten, und diese fing auch sofort an zu pochen. Ich verstand nicht, wie mein Körper so reagieren konnte: Normalerweise bin ich treu und eher der eifersüchtige Typ. Und doch phantasierte ich hier, wie ich geilen Sex mit einem

Mann hatte, der nicht mein Ehemann war. Zudem musste ich mir eingestehen, dass ich seit Ewigkeiten nicht mehr so angetörnt gewesen war.

»Aber wie heißt es: Sag niemals nie!«, warf ich ein, und Alex blickte mich scharf an. Allerdings merkte ich sofort, dass er nicht sauer war. »Wir reden später noch mal darüber.«

»Ich mag Leute, die alles zumindest einmal ausprobieren«, sagte Brad. »Ich dagegen probiere alles am liebsten zweimal aus.« Dabei ließ er unter dem Tisch seinen nackten Fuß an meinem Unterschenkel hochgleiten. Zum ersten Mal seit sieben Jahren hatte ich einen hautnahen, eindeutig erotischen Kontakt mit einem anderen Mann als Alex. Brads Berührung zeigte eine überwältigende Wirkung. Meine pochende Klitoris wurde noch erregter und praller und wollte unbedingt mehr haben.

In diesem Moment trat der Kellner heran und verkündete, dass die Bar für die Nacht schließe. Brad zog abrupt seinen Fuß weg. Ich war vollkommen verwirrt und gleichzeitig total scharf. Mit einem Mal wurde die Atmosphäre am Tisch etwas steif und angespannt. Vielleicht spürte Brad, dass er zu weit gegangen war.

»Also«, sagte Laura. »Das war wirklich ein toller Abend. Wollen wir uns für morgen verabreden?«

»Ja!«, erwiderten Alex und ich wie aus einem Mund. Wir winkten dem australischen Pärchen zum Abschied zu und gingen über den kurzen, mit kleinen Kerzen beleuchteten Landesteg zurück zu unserer Hütte.

»Ich glaube, man hat uns gerade … wie sagt man? Einen unmoralischen Antrag gemacht?« Alex kicherte, und das tat er nur, wenn er nervös war.

»Damit hätte ich nun nicht im Traum gerechnet – dass wir gerade hier ein Paar Swinger kennenlernen«, sagte ich. »Aber wenn wir uns auf einen Vierer einlassen wollten, dann könnten wir kein besseres Paar dafür finden, meinst du nicht auch?«

Er schmunzelte ein wenig und sagte nichts.

»Was denkst du? Dasselbe wie ich?«

»Na ja …«, meinte Alex und öffnete die Tür unserer Hütte. »Ich musste dauernd auf deine Titten in diesem Top starren, und dabei dachte ich, wie super du aussiehst und wie schade es eigentlich ist, dass niemand außer mir sich mit diesen Titten vergnügen darf.«

»Mm«, machte ich und nahm dann Alex' Gedanken auf. »Und mir ist dein Ständer aufgefallen, nachdem du Lauras Titten angestarrt hast. Ich habe mir vorgestellt, wie es wäre, wenn du deinen Schwanz in sie steckst. Ich dachte immer, bei so was würde ich ausrasten, aber irgendwie fand ich es plötzlich geil …«

Alex und ich kamen uns immer näher und standen bald Gesicht an Gesicht mitten in der Hütte. Flüsternd tauschten wir unsere Phantasien während des Abendessens aus. Wir hatten noch nie darüber geredet, wie es wäre, einmal die Partner zu tauschen. Doch als wir uns jetzt unterhielten, merkten wir beide, dass die Vorstellung uns richtig scharf machte. Meine Möse tropfte, und ich spürte, wie mir mein Saft die Schenkel hinunterlief. Alex' Schwanz war härter als sonst und stieß gegen meinen Unterleib.

Wir fielen übereinander her, Zähne und Lippen trafen aufeinander, und wir küssten uns voller Begierde. Ich streifte Alex' Boxershorts über seine Hüfte und befreite seine Erektion, während er mir den Slip vom Leib riss und ihn zur Seite schleuderte. Dann warf er mich mit dem Rücken aufs Bett. Er war sofort in mir und bohrte seinen Schwanz, der schon seit Jahren nicht mehr so hart und prall gewesen war, in mich. Innerhalb von Sekunden zog sich meine Möse um ihn zusammen. Es war so geil, wie sein beinharter Schwanz mich fickte und dabei ganz ausfüllte, dass ich im nächsten Moment kam. Viel zu schnell war mein Höhepunkt vorüber, und während meine Möse noch zuckte, packte ich Alex' Po mit beiden Händen und drücke ihn noch tiefer in mich. Er explodierte und schoss seinen Samen in mich. Ineinander verschlungen lagen wir auf dem Bett und schnappten nach Luft. Der Sex gerade war phänomenal gewesen, und wir waren beide in Hochstimmung.

»Und dabei haben wir uns den flotten Vierer nur vorgestellt«, sagte ich. »Wie scharf werden wir erst sein, wenn wir es *wirklich* mit den beiden treiben?«

»Du bist eine geile kleine Schlampe, Jess«, sagte Alex auf dem Weg zur Dusche, die sich draußen an der Hütte befand. Gemeinsam wuschen wir uns Schweiß und Säfte von unseren Körpern. »Seit sieben Jahren sind wir zusammen, und dir fällt immer noch etwas Neues ein, wie du mich total heißmachen kannst. Ich weiß schon, warum ich dich geheiratet habe.«

Am nächsten Morgen wachten wir mit einem Kater auf und mussten die ganze Zeit kichern. »Weißt du noch, über was wir gestern geredet haben?«, fragte Alex.

»Na klar ... und es war auch ziemlich geil gestern. Aber hättest du echt den Mumm, die beiden auf einen Vierer einzuladen? Ich meine, glaubst du wirklich, wir kämen damit zurecht, wenn wir beide mit jemandem anderen vögeln?«

Alex schaute mich nachdenklich an. »Ich glaube, weil wir darüber geredet haben, wäre es okay. Und vergiss nicht, wie feucht du gestern Nacht warst.« Um meiner Erinnerung nachzuhelfen, steckte er den Finger in meine Möse und leckte ihn ab. »Du bist schon wieder ganz nass, dabei reden wir nur darüber«, sagte er. Sein steifer Schwanz zeichnete sich deutlich unter dem dünnen weißen Leintuch ab.

»Du hast recht«, antwortete ich und wollte die Hand um

seinen Ständer legen, in der Hoffnung auf eine morgendliche Wiederholung der Vorstellung von gestern Nacht.

»Nein«, sagte Alex und schob meine Hand weg, als ich sie gerade um seinen glatten, steifen Penis schließen wollte. »Wenn wir diesen Vierer wirklich machen, dann sollten wir das für später aufheben. Aufgeschobene Gratifikation, Süße. Wir können uns den ganzen Tag mit dem Vorspiel vergnügen …«

»Kein schlechter Plan, das gebe ich zu«, erwiderte ich. »Ich weiß schon auch, warum ich dich geheiratet habe.«

Wir frühstückten auf der Veranda vor unserer Hütte, weshalb wir Brad und Laura am Morgen nicht sahen. Aber in dem kleinen, exklusiven Resort dauerte es nie sehr lange, bis man sich über den Weg lief. Als wir vor dem Mittagessen am Privatstrand schwimmen gehen wollten, lagen die beiden dort im Sand. Laura war oben ohne, und Brad trug ein Paar lässiger Surfershorts, die seinen durchtrainierten Oberkörper, den flachen Bauch und seine kräftigen, muskulösen Beine zur Geltung brachten.

»Es ist einfach nicht fair«, sagte ich zu Alex und deutete auf die halbnackte Laura. »Du kriegst sie in voller Pracht zu sehen, während ich nur davon träumen kann, was bei ihm in der Hose steckt.«

Wir standen unter einer Palme und sahen gebannt zu, wie Brad Lauras Rücken mit Sonnencreme einrieb. Nach einer Weile drehte sie sich auf den Rücken, und Brad massierte ihr die Creme in die Brüste. Anschließend richtete sie sich auf und sah uns. Ein breites Lächeln erschien auf ihrem Gesicht, bei dem ihre blendend weißen Zähne aufblitzten.

»Hallo, ihr beiden!«, rief sie und winkte uns mit erhobenem Arm zu, wobei ihre runden, prallen Brüste in der Sonne wippten. »Kommt her und legt euch zu uns.«

Wir unterhielten uns beiläufig, und niemand erwähnte das

subtile Angebot vom gestrigen Abend. Doch die Atmosphäre war auch so eindeutig erotisch aufgeladen; es war gar nicht nötig, dass wir weiter Geschichten über unsere sexuellen Eskapaden zum Besten gaben. Hinter meiner Sonnenbrille versteckt, warf ich immer wieder heimliche Blicke auf Brad. Er hatte blaue Augen, um die kleine Fältchen erschienen, wenn er lächelte. Mit seiner wunderbar bronzefarbenen Haut und dem blonden Lockenkopf war er der perfekte Surfer-Typ, der Traum aller Mädchen. Ein- oder zweimal bemerkte ich, dass er ebenfalls meinen Körper abschätzte, der bleicher und schlanker war als Lauras muskulöse, gebräunte Figur. Die Beule in seiner Hose war ein deutlicher Hinweis darauf, dass auch ihm gefiel, was er sah.

Als er mir anbot, auch meinen Rücken mit Sonnencreme einzureiben, sagte ich sofort ja, denn ich wusste, dass Alex nichts dagegen hatte. Im Gegenteil, Alex machte Laura das gleiche Angebot. Brads Hände waren größer als die von Alex, und seine Handflächen fühlten sich rauer an. Doch seine Berührungen waren leichter und geschickter als die meines Mannes. Mit Befriedigung spürte ich Brads Erektion, die mir für einen Moment in die Seite drückte.

Er rollte mich auf den Rücken, um auch meine Vorderseite einzucremen. Ohne zu fragen, fing er an, mir die ölige Creme mit seinen weichen Händen in die Brüste zu massieren. Dabei strich er ganz leicht über meine Nippel, die sich unter der Berührung seiner Finger sofort aufrichteten. Ich wandte den Kopf und sah, wie Alex Laura ebenfalls die Titten eincremte. Seine zartweiße Haut bildete einen wunderbaren Kontrast zu ihrer sonnenverbrannten Bondi-Beach-Bräune. Alex drückte seine Finger fest in Lauras Brüste, während er die Creme in die Haut massierte. Er ließ seinen Blick – und seine Hände – weiter nach unten wandern, zu ihrem flachen Bauch unterhalb ihres Nabels … und kam Lauras Bikiniunterteil gefährlich nahe. Sie hatte die Augen geschlossen und reckte den Rücken und die Hüften Alex' Berührungen entgegen. Es konnte keinen Zweifel daran geben, dass sie jeden Moment in vollen Zügen genoss. Ich war wie gefesselt vom Anblick der beiden. Es war höllisch antörnend – wie ein Porno, bei dem man die Darsteller riechen, hören und, wenn man sich nur ein paar Zentimeter nach vorn beugt, sogar berühren konnte. Wenn dies ein kleiner Vorgeschmack auf das war, was uns heute Abend erwartete, dann würde ich es nur schwer aushalten, bis die Sonne unterging.

Schließlich hatten die Jungs genug Sonnencreme in unsere Haut massiert, und Brad verkündete: »Hört mal, wir gehen jetzt Mittag essen. Aber wollen wir heute Abend nicht wieder was zusammen unternehmen?«

»Das fände ich toll«, erwiderten Alex und ich gleichzeitig.

»Klasse«, sagte Laura. »Also, wir können Drinks und Dinner für vier Personen bei uns auf der Terrasse servieren lassen, wenn ihr damit einverstanden seid. Der Blick auf den Lotusteich ist so wundervoll, und dort *stört* uns auch niemand.« Es war unüberhörbar, was sie eigentlich mit diesen Worten sagen wollte. Heute Abend, meinte sie, sind wir ganz unter uns.

»Wir freuen uns schon sehr darauf«, meinte Alex. Wir sahen Brad und Laura nach, wie sie zu ihrer Hütte spazierten. Sie hatten sich die Arme gegenseitig um die Taille gelegt, und ihre eingeölten, schönen Körper glitzerten in der Sonne.

»Also, Jess«, er beugte sich vor und knabberte zärtlich an meinem Ohrläppchen, »ich glaube, wir haben ein Rendezvous.«

Wir kleideten uns sehr sorgfältig für den Abend, ganz so, als würden wir wirklich zum ersten Mal mit jemandem ausgehen. Und auf eine Art war es ja auch ein erstes Date. Alex trug ein leichtes Baumwollhemd, das er bis zum Nabel offen ließ, damit er seinen gutgebauten Oberkörper und seinen von dem einen Tag in der Sonne leicht gebräunten Teint zur Schau stellen konnte, dazu ein Paar weitgeschnittene khakifarbene Hosen. Er sah schick und elegant aus. Ich hatte mir ein blaues Seidenkleid übergestreift und überlegte eine halbe Ewigkeit hin und her, ob ich darunter überhaupt etwas anziehen sollte. Zum Schluss entschied ich mich gegen einen BH – weil es sich gut anfühlte und verdammt scharf aussah – und zog mir ein schwarzes Seidenhöschen über, das an den Seiten von Schlaufen zusammengehalten wurde. Alex brauchte mich darin nur einen Moment zu sehen, und schon wollte er es mir vom Leib reißen. Ich setzte darauf, dass es auf Brad eine ähnliche Wirkung hatte. Zu guter Letzt schlüpfte ich noch in strassbesetzte Sandalen, in denen meine Beine endlos wirkten. Ein Spritzer Parfüm, Alex steckte ein paar Kondome in die Tasche, und wir waren fertig.

Wie verabredet, standen wir um halb acht vor Brad und Lauras Hütte. Bevor wir anklopften, zog mich Alex zu sich und gab mir einen langen, feuchten, intensiven und auch ein wenig besitzergreifenden Kuss.

»Wenn es dir doch irgendwann zu viel wird, können wir immer noch nein sagen«, beruhigte er mich. »In Ordnung?«

Statt zu antworten, nahm ich seine Hände in meine. Die eine legte ich auf meinen harten Nippel, die andere schob ich in mein Höschen, das schon ganz feucht war. Wenn es hier einem zu viel wurde, dann bestimmt nicht mir.

Zum Abendessen gab es Hummer, den wir mit Champagner hinunterspülten. Doch wir tranken nicht viel. Das Adrenalin und die Begierde hatte eine natürlich berauschende Wirkung auf uns, an die Alkohol nicht herankam. Brad saß mit nacktem Oberkörper am Tisch, und sein Anblick lenkte mich ständig vom Essen ab. Er trug nur ein Paar Armeehosen, und um den Hals hatte er eine kleine, glänzende Meeresmuschel an einem ledernen Riemen hängen.

Ich war zwischen Brad und Alex platziert, Laura saß mir gegenüber. Brad schob mir Stückchen vom Hummer in den Mund und hielt mir dann einen Champagnerkelch an die Lippen. »Versuch das mal«, sagte er. »Es schmeckt wirklich gut.«

Alex und ich hatten uns wohl beide insgeheim Gedanken gemacht, wer wohl die Initiative ergreifen würde, doch unsere Sorge war überflüssig: Da Brad und Laura schon Erfahrung mit Gruppensex hatten, wussten sie besser, wie sie den Abend in die gewünschte Richtung lenken konnten. Brad fuhr mit der Hand an der Innenseite meines Schenkels hoch. Im gleichen Moment sah ich, wie Lauras Finger kleine Kreise auf Alex' Rücken malten. Als sie ihre schmale braune Hand unter seinen Hosenbund schob, weiteten sich seine Pupillen, und sein ganzer Körper entspannte sich unter ihren zärtlichen Berührungen.

Ich öffnete meine Beine, um Brad zu signalisieren, dass es mir gefiel und ich ihn wollte. Danach kam Leben in unsere Viererrunde. Brad beugte sich vor und küsste mich über den Tisch hinweg. Er schmeckte nach Hummer und Champagner. Mit den dunkelblonden Stoppeln am Kinn fühlte er sich ganz anders an als Alex, der immer glattrasiert war. Doch trotz seiner kratzigen Haut küsste Brad sanfter und zurückhaltender, als ich es gewohnt war. Seine Küsse erkundeten mich vorsichtig, und er ließ sich Zeit dabei. Für mich war die Abwechslung von Alex' kraftvoller, überwältigender Art zu küssen ungeheuer aufregend.

Alex war mit Laura beschäftigt und verschlang sie regelrecht. Sie stürzte sich ebenfalls auf ihn. Offensichtlich machten sie die fordernden, zupackenden Küsse meines Ehemannes richtig scharf.

Wir lösten uns alle vier zur gleichen Zeit voneinander, um Luft zu holen.

»Na«, schlug Laura vor, »wollen wir die Party nach innen verlegen?« Sie nahm Alex bei der Hand und führte ihn zum Bett. Er konnte die Finger nicht von ihr lassen und zerrte an ihrem Kleid. Wie ich trug auch Laura nur ein einfaches Sommerkleid. Alex riss es ihr mit einem Ruck vom Leib, sie stand nackt im Raum und trat auf meinen Mann zu. Sie zerrte an den Knöpfen, bis sie von dem weißen Hemd sprangen, während er die Schuhe von den Füßen schleuderte und sich die Hose über die Hüften streifte. Seine Bräunungsstreifen waren nach dem Tag in der Sonne klar zu sehen: Die bleichen Pobacken wirkten wie ein doppelter Vollmond im dämmrigen Licht. Während Laura und Alex sich bewegten und küssten, zeichnete sich sein heller, bebender Schwanz deutlich vor ihrem dunkel gebräunten Unterleib ab. Wie gebannt stand ich da, als meine Phantasie vor meinen Augen Wirklichkeit wurde. Ich wusste genau, wie es sich anfühlte, so von Alex geküsst und umarmt zu werden, schließlich reagierte ich genauso heftig wie Laura auf seine rohe Leidenschaft. Und mir jetzt vorzustellen, was Laura gerade empfand, machte mich total an. Das Ziehen zwischen meinen Schenkeln verwandelte sich in fast schmerzhafte Erregung.

Laura befreite sich aus Alex' Umarmung, ihr Atem kam stoßweise und unregelmäßig. Er griff nach ihren Brüsten und drückte sie so weit nach oben, wie es ging, dann ließ er sie abrupt los. Alle vier beobachteten wir die heftig wippenden Titten. »Ich möchte deinen Schwanz in den Mund nehmen«, sagte Laura in ihrem australischen Akzent und kniete sich vor ihn. Sie starrte auf seine zuckende Erektion, bewunderte die weiche, cremeweiße Haut und die dicke Ader, die auf der Unterseite seines Schwanzes pulsierte. Dann fuhr sie sich über die Lippen und ließ den Schwanz langsam in ihren

Mund gleiten. Alex stand die reine Lust ins Gesicht geschrieben. Ich wusste, wie sehr er Blowjobs mochte, und Laura hatte sichtlich Vergnügen daran, ihm einen zu blasen.

Brad hatte die ganze Zeit direkt hinter mir gestanden, und sein harter Schwanz bohrte sich in meinen Rücken. Er roch nach Kokosöl und Sex. Nun drückte er sich noch enger an meinen Rücken, küsste die empfindliche Haut in meinem Nacken und ließ dabei die Hände unter mein Kleid gleiten. Dabei stieß er auf das Spitzenhöschen.

»Oh, nicht übel«, sagte er, als er auf der einen Seite die Schlaufe löste. Sein weicher und zugleich rauer Finger drückte sanft auf meine pralle Klitoris, und ich schrie auf vor Erregung. »O Gott, Jess«, stöhnte er in meinen Nacken. »Du hast so eine feuchte, einladende Muschi. Das ist wirklich nicht übel.«

Brad rieb die Nase an meiner Schulter und saugte daran, während er meine Klitoris mit kleinen, zärtlichen Kreisbewegungen seines Fingers streichelte. Mit der anderen Hand löste er die zweite Schlaufe meines Höschens und zog es zwischen meinen Schenkeln hindurch. Dabei spannte er die Bänder und ließ sie vor- und zurückgleiten, so dass sie meine Schamlippen kitzelten. Dann führte er den Slip an seine Nase und atmete tief ein. »Du bist richtig geil, nicht? Sonst würden die nicht so gut riechen.« Er ließ mich auch am Höschen schnuppern.

Er hatte recht. Wellen von Lust hatten meinen Körper erfasst, und ein Rinnsal tropfte aus meiner Möse in das Höschen, ein untrüglicher Beweis dafür, wie wahnsinnig erregt ich war. Er ließ den Slip fallen und löste den Nackenträger meines Kleides. Es glitt zu Boden, und der glänzend blaue Seidenstoff legte sich um meine Füße. Brad zog seine Boxershorts aus – nun waren wir beide nackt. Er drängte sich so nah an mich, dass sich die kalte Muschel, die er immer noch um den Hals hängen hatte, in meinen Rücken bohrte. Da ich die Sandalen anließ, standen wir auf gleicher Höhe. Er legte von hinten die Hände um meine Brüste und fuhr mir mit seinen rauen, trockenen Daumen zärtlich um die Nippel. Die ganze Zeit über beobachteten wir Alex und Laura, die immer noch mit dem Blowjob beschäftigt waren und eine exklusive und wahnsinnig geile Live-Sex-Show für uns veranstalteten.

Schließlich löste Laura ihre Lippen von Alex' Schwanz, und die beiden stolperten zum Bett. Alex ließ sich darauf fallen, und Laura küsste ihn am ganzen Körper, von den Beinen bis zur Stirn. Dann richtete sie sich auf und setzte sich auf ihn. Bei mir liegt Alex gerne oben, doch hier gefiel es ihm offensichtlich, sich jemandem hinzugeben, der die Kontrolle übernahm. Laura griff sich ein Kondom vom Nachttisch, riss das Päckchen auf, legte das Gummi auf ihre Zungenspitze und stülpte es über Alex' pochende Erektion.

Sie ließ die Zunge noch ein paar Momente um seine Eichel kreisen, spreizte dann die Beine und platzierte ihre Möse über seinem Schwanz. Ohne große Umschweife nahm sie seinen Ständer fest in die Hand und drückte ihn in ihren hübschen, gierigen Schlitz. Ich sah, wie Alex' Schwanz in ihrer Möse verschwand und wieder auftauchte, hinein- und wieder herausglitt, immer wieder. Laura besaß eine unbändige Energie. »Berühr meine Klitoris«, sagte sie. Alex gehorchte ihr sofort. Es war nicht meine Art, ihn so herumzukommandieren, trotzdem war es unglaublich erregend zu sehen, wie eine andere Frau für ihn die Dominatrix spielte.

Brad drehte mich um und küsste mich. Für einen Moment schloss ich die Augen und gab mich ganz seinen weichen, sinnlichen Lippen hin. Es fühlte sich wunderbar an, doch ich wollte keine Sekunde von Alex' und Lauras Show verpassen. »Ich will dich in mir spüren«, sagte ich zu Brad. »Aber ich will auch zusehen, wie die beiden vögeln.«

Brad nickte. »Gott, sie sind so höllisch scharf zusammen«,

sagte er. »Ich weiß nicht, was mich mehr erregt – die beiden oder du.«

Ich wandte mich wieder zum Bett. Hinter mir wurde ein Kondompäckchen aufgerissen, und ich hörte das leise schnappende Geräusch, als er sich das Gummi über den Schwanz rollte. Er stieß ein Knie zwischen meine Beine, drückte meine Schenkel auseinander und legte einen kräftigen gebräunten Arm um meine Taille. Und dann drang er so unerwartet brutal in mich ein, dass mir der Atem stockte. Sein Schwanz war nicht so massig wie der von Alex, aber länger. Das gerippte Kondom verstärkte die Reibung, als er mit weichen, langsamen Stößen immer wieder in mich eindrang. Er nahm sich beim Ficken genauso viel Zeit wie beim Küssen und war ebenso zärtlich. Seine Eier klatschten gegen meine Oberschenkel, und ich konnte fühlen, dass sein Schwanz und sein Hodensack rasiert waren. Ich malte mir aus, wie ich Alex später die Schamhaare trimmen und ihn an diesen intimen Stellen rasieren würde. Gott, was für eine geile Vorstellung. Allein der Gedanke daran törnte mich noch mehr an.

Normalerweise vögelten Alex und ich nicht im Stehen, und ich hatte noch nie erlebt, wie die Lust von meiner Möse in alle Richtungen ausstrahlte. Es war eine vollkommen neue Empfindung für mich, ein unglaublich geiles Gefühl, das sich in meinem ganzen Unterleib breitmachte. Kaum hatte ich mich auf dieses neue, intensive Gefühl eingestellt, merkte ich, dass Brads Schwanz meinen schwer zu erreichenden Lustpunkt stimulierte. Brad spielte immer noch mit meiner Klitoris und streichelte gleichzeitig meine Brüste. Wellen von Lust fluteten durch meinen Körper, und die Szene vor mir auf dem Bett, wo Laura wie ein Cowgirl beim Rodeo auf Alex' Schwanz ritt, steigerte meine Erregung noch mehr.

»Mann, deine Möse ist so eng«, stöhnte Brad an meiner Schulter. »Ich warne dich – lange halte ich das nicht aus. Aber bevor ich komme, besorge ich es dir.« Als er meine Klitoris zwischen Daumen und Zeigefinger nahm, wusste ich, dass er mich innerhalb von Sekunden zum Orgasmus bringen würde. Mir stieg das Blut ins Gesicht und in die Brust – in wenigen Augenblicken war es so weit.

Genau in diesem Moment schloss Alex die Augen. Ich kannte ihn gut – jeden Moment würde er explodieren. Laura schien es auch zu spüren, denn sie spreizte ihre Schamlippen, so dass ihre Klitoris zum Vorschein kam. Dann rieb sie über ihre pralle Perle, so fest und so schnell, wie ich es nie tat. Sie kam, Sekunden bevor Alex von seinem eigenen Orgasmus überwältigt wurde. Ihr Körper gab sich ganz den Erschütterungen hin, doch sie ließ keinen Laut hören. Ihre braunen Brüste schienen noch größer zu werden, und Schweißtropfen rollten zwischen diesen prallen Titten und ihren Rücken hinunter. Sie schaukelte immer noch vor und zurück, als Alex vor Lust laut aufbrüllte, die Hüften aufbäumte und einmal, zweimal, dreimal tief in ihre Möse stieß. Schließlich ließ er sich völlig erschöpft zurück aufs Kissen fallen. Er öffnete die Augen, schaute kurz zu Laura und lächelte sie schläfrig an, bevor er seine volle Aufmerksamkeit Brad und mir zuwandte.

Jetzt waren wir mit unserer Vorstellung dran. Brad änderte den stetig hämmernden Rhythmus seiner Stöße nicht und ließ seinen Finger immer noch auf meiner Klitoris kreisen. Aber Alex war es, der mich zum Orgasmus brachte, indem er mich mit den Augen verschlang, sich mit der Zunge über die Lippen fuhr und vor Lust und Stolz aufstöhnte. Meine Wangen brannten vor heißer Erregung, als ich kam, und meine Möse zog sich so abrupt und heftig um Brads Schwanz zusammen, dass er den Orgasmus nicht mehr zurückhalten konnte. Noch nie hatte ich einen so intensiven Höhepunkt erlebt. Meine Beine fühlten sich mit einem Mal an wie Wackelpudding, und hätte mich Brads sehniger Arm nicht festgehalten, wäre ich zu Boden gesunken. Mit seiner Hilfe schafften wir es gerade noch zum Bett. Wir legten uns zu den beiden anderen, und einige Augenblicke lang streichelten und küssten wir uns, bis wir alle vier wieder in der Realität angekommen waren.

Wir wuschen uns in den außen angebrachten Duschen, dann verabschiedeten wir uns. Laura und ich umarmten uns, und Brad und ich gönnten uns noch einen letzten, langen Kuss, während Laura und Alex auf dem Bett miteinander rangelten. Sie beendete die spielerische Rauferei, indem sie seinen überempfindlichen Schwanz quetschte und ein letztes Mal klarstellte, wer der Boss war. Als Alex und ich zu unserer eigenen Hütte zurückkehrten, brach in dem luxuriösen Resort schon der neue Tag an. Die aufgehende Sonne tauchte die Landschaft in ein unwirkliches rosa Licht, und ein diesiger Schleier legte sich über die Ereignisse der vergangenen Nacht. Wir konnten es immer noch nicht glauben, dass wir es wirklich getan hatten.

Brad und Laura flogen am nächsten Morgen nach Hause. Ich war erleichtert über ihre Abreise: Nach der letzten Nacht, die so wild und intensiv gewesen war, wollte ich die beiden nicht zum Frühstück treffen und mich beim Kaffee über langweilige Nichtigkeiten unterhalten. Ich wollte, dass diese Nacht, in der wir unsere Phantasie ausgelebt hatten, in meiner Erinnerung vollkommen blieb. In den nächsten Tagen verließen Alex und ich unsere Hütte nur zum Schwimmen und zum Essen. Die gemeinsame Erfahrung hatte uns einander noch näher gebracht. Ich würde diese Zeit als unsere zweiten Flitterwochen bezeichnen, allerdings waren sie noch geiler und intensiver als unsere ersten Flitterwochen. Wir redeten auch davon, dass wir irgendwann wieder einen flotten Vierer wagen würden, doch erst, wenn der richtige Moment gekommen war.

Am Abend vor unserer Abreise genehmigten wir uns einen Drink an der Bar. Zufällig saßen wir neben einem attraktiven, noch recht blassen Paar in unserem Alter, das offensichtlich gerade erst im Resort angekommen war. Der Mann starrte immer wieder zu mir herüber, und etwas an seinem Blick erregte meine Aufmerksamkeit. Ich stieß meinen Gatten heimlich in die Seite und deutete auf die beiden.

»Hallo«, sagte Alex. »Ich heiße Alex, und das hier ist meine Frau Jessica. Seid ihr gerade erst angekommen? Dürfen wir euch ein bisschen herumführen ...?«

Der Sünder

Es wird mir nie wirklich einleuchten, warum gerade eine verbotene Frucht so süß schmeckt. Doch es ist ein ungeschriebenes Gesetz, dass ein Mann umso mehr Anziehung ausübt, je unerreichbarer er ist.

Die Frau, die mir die folgende Geschichte berichtete – eine schöne und erfolgreiche Frau in den Dreißigern –, hat sich als Journalistin einen Namen gemacht. Herausforderungen spornen sie erst richtig an, vor allem, wenn es dabei um Männer geht.

Doch dann lernte sie einen Mann kennen, der das absolute Tabu zu sein schien. Denn in dieser Geschichte ist keine andere Frau die Rivalin, sondern eine ganze Lebensart und die tiefen Überzeugungen, die damit verbunden sind. Die Journalistin versuchte ihm so lange wie möglich zu widerstehen. Und am Ende war es auch nicht ihre Willenskraft, die versagte.

Wie hätten Sie sich an ihrer Stelle verhalten?

Als herumreisende Reporterin komme ich an die ungewöhnlichsten Orte, aber keiner war so entlegen wie dieser Bauernhof in Wales, an den es mich im Oktober letzten Jahres verschlagen hatte. Ich fuhr mit dem eigenen Wagen von London dorthin, und mein kleines Stadtauto hatte mit dem holprigen Gelände und den kurvigen Landstraßen ganz schön zu kämpfen. All das, um einem Bauern Fragen zum nicht gerade aufregenden Thema staatliche Subventionen zu stellen. Als das Interview beendet war und ich den Artikel geschrieben und an die Redaktion gemailt hatte, war die Dunkelheit schon hereingebrochen. Der Herbsthimmel wirkte düster und bedrohlich.

»Sieht nach einem Sturm aus«, sagte der Bauer. »Wollen Sie wirklich bei dem Wetter zurückfahren? Die Straßen hier in der Gegend können ganz schön gefährlich sein.«

»Es wird schon gehen«, erwiderte ich. »Aber vielen Dank.« Der Bauer war wirklich reizend gewesen, allerdings war ich nicht besonders erpicht darauf, in einem walisischen Bauernhaus zu übernachten. Ein Tag auf dem Land reichte mir völlig.

Doch ich hätte auf ihn hören sollen: Ich saß noch keine halbe Stunde im Auto, als der Regen loslegte. Fünf Minuten später konnte ich kaum noch die Straße erkennen, und meine Reifen rutschten nur so auf dem Asphalt. Mein kleiner Sportflitzer war mit den Regenpfützen und Schlaglöchern hoffnungslos überfordert. Es hätte mich eigentlich nicht verwundern sollen, dass ich kurz darauf von der Straße abkam und mit den Hinterrädern in einem Schlammgraben steckenblieb. Ich zog mein Handy aus der Tasche, um den Pannendienst anzurufen, aber die Batterie war tot. Bis zu diesem Zeitpunkt war ich nur genervt von der Situation gewesen, doch jetzt bekam ich es mit der Angst zu tun. Das Wasser lief immer schneller in meinen Wagen, und ich konnte auf keinen Fall in der sinkenden Karosse sitzen bleiben.

Ich musste möglichst rasch eine Entscheidung treffen. Einen knappen Kilometer von mir entfernt sah ich auf einem steilen Hügel Licht und beschloss, dorthin zu laufen. Doch bald musste ich einsehen, dass mein jahrelanges Aerobic-Training keine ausreichende Vorbereitung für eine Bergwanderung war, erst recht nicht im Regen und nur mit einer winzigen Taschenlampe als Orientierungshilfe. Ich brauchte fast zwei Stunden, um mein Ziel zu erreichen. Als ich endlich die Spitze des Hügels erklommen hatte, stand ich vor einem gusseisernen Tor, hinter dem ich ein großes, dunkles Backsteingebäude wahrnahm. Ich schlotterte vor Kälte, war bis auf die Haut durchnässt und so erschöpft, dass ich mit den Tränen kämpfte. Ein Bauernhof war das hier nicht, auch kein Ferien-Cottage. Ich fand einen altmodischen Glockenzug, der an einer imposanten Holztür herunterbaumelte. Im Innern konnte ich Wandleuchter mit flackernden Kerzen erkennen. Ich zog an der Türglocke und sah bald darauf eine Gestalt in einem langen Regenmantel zur Tür kommen. Ich war gerettet.

Als die Person sich näherte, nahm ich wahr, dass es sich um einen stämmigen Mann mittleren Alters handelte. Er trug keinen Regenmantel, sondern eine Mönchskutte aus schäbigbraunem Stoff, deren Kapuze ihn vor dem Regen schützte. Sein anfängliches Erstaunen wich einem milden Gesichtsausdruck, als ich vor Erleichterung in Tränen ausbrach.

»Oh, Sie armes Geschöpf«, sagte er. »Kommen Sie nur herein. Keine Sorge, hier sind Sie in Sicherheit.« Er half mir durch die Tür in das Innere des riesigen Gebäudes, das gut als Kulisse für einen Gruselfilm hätte dienen können. Durchnässt und zitternd stand ich mit einem Mal in einer von Kerzen beleuchteten Halle. Durch gewölbte Türbogen konnte man in lange dämmerige Korridore blicken. Fünf oder sechs weitere Männer, alle in der gleichen Tracht gekleidet wie mein Retter, liefen unruhig in der Halle herum.

»Als Erstes ziehen Sie mal Ihre nasse Kleidung aus. Dort drüben ist eine Kammer. Da können Sie sich abtrocknen, wir bringen Ihnen eine Robe. Ach ja, danke«, sagte er, als einer der anderen Mönche ihm eine hellbraune Kutte mit Kapuze reichte, die exakt so aussah wie die Kutten, die hier alle trugen. »Ich bitte um Verzeihung«, sagte er mit einem schüchternen Lächeln. »Sie sind seit fast zehn Jahren der erste weibliche Besucher in unserem Kloster. Wir haben leider nichts Passenderes. Aber wir sorgen dafür, dass Ihre Sachen so schnell wie möglich wieder trocken sind.«

»Bruder Michael!«, rief er. »Führst du bitte die junge Dame in eine Kammer?«

Daraufhin trat ein großer, schlaksiger junger Mann aus dem Schatten hervor. Er war allenfalls knapp über zwanzig und von einer kargen, zurückhaltenden Schönheit, wie ich sie noch nie bei einem Mann gesehen hatte. Seine strohblonden Haare waren in einer Art kurzem Topfschnitt geschnitten. Er hatte Sommersprossen, und aus dem klassisch schönen, kantigen Gesicht mit den vollen hellroten Lippen schauten durchdringende blaue Augen. Hätte ich dich in einer Bar in London kennengelernt, statt in einem Kloster in Wales, dann würde ich auf der Stelle über dich herfallen, schoss es mir durch den Kopf, und sofort packte mich das schlechte Gewissen.

In der kleinen Kammer trocknete ich mich mit einem winzigen, rauen Handtuch ab und wickelte mich in die Mönchskutte. Meine Kleider legte ich sorgfältig zusammen auf einen Stapel. Es war seltsam, sich vorzustellen, dass irgendein zölibatär lebender Mönch meine teure rote Reizwäsche berühren würde. Die Kutte war viel zu groß und kratzte auf meiner Haut, weil ich nichts darunter anhatte. Unter weniger ungewöhnlichen Umständen hätte ich die Vorstellung, nur durch eine einzige Wollschicht von einem ganzen Haus sexuell ausgehungerter Männer getrennt zu sein, als ziemlich erregend empfunden. Doch an diesem Tag war ich viel zu müde für geile Sexphantasien und wollte nur noch schlafen. Bruder Michael, der junge Mönch, führte mich durch ein Labyrinth von Korridoren zu einem kleinen Zimmer mit Bett, Waschbecken und Toilette. Im Kamin brannte ein kleines Feuer. Meine letzte Erinnerung ist die, dass ich die Kutte zu Boden fallen ließ und mich nackt, aber wohlig warm und total erschöpft zwischen die dicken Felldecken des Bettes legte.

Am nächsten Tag weckte mich der Sonnenaufgang, dessen rötliches Licht durch das vorhanglose Fenster auf meine nackten Brüste schien. Mein erster Impuls war, die Decke hochzuziehen, dann schoss mir der Gedanke *O Gott – wo bin ich nur?* durch den Kopf. Wenn ich nackt in einem mir unbekannten Bett aufwache, heißt das normalerweise, dass ich in der Nacht davor Sex hatte. Doch als ich den Blick an den schlichten Sandsteinwänden des Zimmers entlanggleiten ließ, fiel mir alles wieder ein: Wales, das Interview, das Unwetter, das Durchdrehen der Räder, der anstrengende Fußmarsch im Regen den Hügel hinauf, die freundlichen Männer, die mich für die Nacht aufgenommen hatten.

Ich sah aus dem Fenster. Die Sonne versteckte sich hinter grauen Wolken, die in einem weißen Himmel hingen. Ich hatte keine Ahnung, wie spät es war, da mein Handy nicht funktionierte und ich keine Uhr trug. Von weither drangen Geräusche zu mir. Ich konnte jemanden herumgehen hören, und in weiter Ferne nahm ich das Öffnen und Schließen von Türen wahr und singende Stimmen.

Ein Klopfen an meiner Tür holte mich aus meinen Gedanken, und vor Schreck richtete ich mich kerzengerade auf. Es war zu spät, mir etwas überzuziehen, also wickelte ich mich in die Felldecken und öffnete die Tür. Bruder Michael hockte gebeugt vor der Tür, ein Tablett mit Wasser, Brot und Früchten vor sich. Seine Augen waren auf Höhe meiner unbedeckten Knie, und ich spürte seinen Atem auf meinen Beinen.

»Hallo«, sagte ich. »Sie sind Bruder Michael, nicht wahr?«

Er richtete sich abrupt auf und musterte mit einem schnellen Blick meinen Körper. Dabei lief er von oben bis unten rot an.

»Verzeihung«, antwortete er. »Ich hatte nicht erwartet, dass Sie die Tür öffnen. Ich wollte Sie nicht in Verlegenheit bringen.«

Die Ironie dieser Worte war mir wohl bewusst, denn ihm, nicht mir, war die Situation peinlich. Dann wurde mir klar, dass dieser junge Mann vermutlich seit Jahren keine Frau gesehen hatte, schon gar nicht eine, die halbnackt und in ein Fell gewickelt vor ihm stand. Kein Wunder, dass er völlig verwirrt war. Ich zog meinen Umhang noch etwas enger um mich, während der junge Mönch zurücktrat und dabei zu Boden schaute.

»Leider dauert es noch ein paar Stunden, bis Ihre Kleider trocken sind. Aber Sie können gerne noch bleiben und sich solange die Gärten ansehen. Und, äh, wir haben den Abschleppdienst für Ihr Auto angerufen, aber der kommt erst hier raus, wenn das Wasser zurückgegangen ist. Ich fürchte, Sie werden noch bis zum späten Nachmittag hier festsitzen. Äh, und ich hoffe bloß, das macht Ihnen keine allzu großen Umstände.«

Fast hätte ich auf der Stelle losgekichert, deshalb bedankte ich mich schnell und schloss die Tür. Dieser unschuldige junge Mann, für den der Anblick einer Frau so ungewohnt war, dass er wie ein Idiot vor sich hin stammelte, war einfach zu komisch.

Ich aß mein Frühstück am Fenster und schaute dabei in den friedlichen Hofgarten. Hin und wieder durchquerte ein schweigender Mönch mit hochgezogener Kapuze den Kreuzgang. Die Stille war wundervoll. Ich konnte mich kaum daran erinnern, wann ich das letzte Mal eine solch friedliche Ruhe in mir gespürt hatte. Nachdem ich eine gute Stunde so gesessen hatte, beschloss ich, mich ein wenig umzusehen. Ich schlenderte durch das Gebäude mit seinen Gartenanlagen, wobei es mir unangenehm war, dass ich unter der einfachen

Kutte nichts anhatte. Ich war es nicht gewohnt, ohne BH herumzulaufen. Meine Brüste wippten heftig unter dem losen Gewand, und ich nahm meinen Körper darunter viel deutlicher wahr. Der raue Stoff rieb gegen meine Brustwarzen, so dass sie hart wurden und sich aufrichteten. Dieses Signal sexueller Erregung war an diesem stillen, heiligen Ort natürlich völlig unpassend, doch das machte mich nur noch mehr an.

Das Klostergelände erstreckte sich kilometerweit. Ich achtete darauf, die Mönche bei ihrer Gartenarbeit außerhalb der Klostermauern nicht zu stören und gelangte zu einem liebevoll gepflegten Kräutergarten und einem großen Gemüsebeet. Michael arbeitete dort, und ich beobachtete ihn. Seine blonden Haare glänzten in der schwachen Herbstsonne, während er den Boden bearbeitete. Er hatte die Ärmel hochgekrempelt, und für einen Moment erspähte ich seine muskulösen, sehnigen, sonnengebräunten Arme.

Im Innern des Gebäudes entdeckte ich hinter verschlossenen Türen einen Speisesaal, eine kleine Küche und schließlich den Waschraum, in dem meine Kleider über einem Heizgerät auf einem hölzernen Ständer zum Trocknen aufgehängt waren. Moderne Wäschetrockner waren an diesen Ort offenbar noch nicht vorgedrungen. Ich nahm die Sachen kurz in die Hand; sie waren noch etwas feucht, würden aber sicher in ein paar Stunden trocken sein. Mit den eigenen Kleidern am Leib wäre mir wohler in meiner Haut gewesen. In ihnen hätte ich mich selbst wie auch die Situation besser unter Kontrolle gehabt.

Mein BH aus purpurroter Spitze und das dazu passende Höschen waren die einzigen Farbtupfer in dem fahlen grauen Raum. Wahrscheinlich hatte Bruder Michael meine Reizwäsche ausgewaschen. Bei dem Gedanken schoss mir unweigerlich das Bild durch den Kopf, wie er meinen Schlüpfer an die Nase hielt und daran roch ... Ich versuchte, die Phantasie aus meinen Gedanken zu verbannen.

Als ich die nächste Tür öffnete, verschlug es mir die Sprache. Ich stand in einem gemauerten Raum, in dessen Boden ein wunderschönes Wasserbecken eingelassen war. Der Kalkstein ließ das Wasser in einem unheimlichen Grünton schimmern. Durch die schmalen Fenster drang wenig Tageslicht herein, und die flackernden Kerzen gaben dem ganzen Raum eine übersinnliche Atmosphäre. Ich steckte einen Zeh ins Becken. Das Wasser war einladend warm.

Ich wägte kurz die Situation ab, doch die Mönche waren offenbar sämtlich mit Aufgaben beschäftigt, die sie noch Stunden in Anspruch nehmen würden. Keiner würde es merken, wenn ich in dem Becken ein paar kleine Runden drehte. Nachdem ich noch schnell einen Blick in den langen Korridor geworfen hatte, um zu sehen, ob die Luft rein war, schlüpfte ich aus der Kutte und glitt hinein. Das warme Wasser war wie Balsam für meine Glieder, die noch von der gestrigen Anstrengung schmerzten. Ich war noch nie nackt geschwommen, schon gar nicht in einer so entspannenden und idyllischen Umgebung. Die sanften Wellen liebkosten meinen gesamten Körper wie die Hände eines Lovers, und meine Brüste, die weder von einem BH noch von einem Badeanzug eingeengt waren, schwammen auf der Wasseroberfläche. Die Mönche badeten hier wahrscheinlich jeden Tag, da war es kein Wunder, dass sie so ausgeglichen wirkten. Das hier war fast noch besser als Sex!

Ich stieg aus dem Becken und tappte zu einem der schmalen Fenster in der Nische, um zu sehen, ob die Männer draußen immer noch arbeiteten.

Als ich mich umdrehte und aus der Mauernische heraustreten wollte, stand Bruder Michael im Raum. Er hatte mich nicht wahrgenommen. Langsam zog er sich die Kapuze vom

Kopf und stieg aus seiner Kutte. Sein verschwitzter Körper war nur noch mit einer weißen Unterhose bedeckt. Ich hätte etwas sagen, mich räuspern oder irgendein Geräusch machen sollen, um ihn darauf hinzuweisen, dass er eine Zuschauerin hatte. Doch ich war von seinem Anblick wie gelähmt. Vor mir stand ein Mann mit kräftigen Sportlerwaden, muskulösen Oberschenkeln und einem perfekten Waschbrettbauch unter dem sehnigen Oberkörper. Seine Arme und das Gesicht waren von der Sonne leicht gebräunt, ansonsten war die glatte Haut seines Körpers jungfräulich weiß. Ich stand wie gebannt da und brachte vor Angst und Scham keinen Laut zustande. Dazu spürte ich dieses ziehende Kribbeln zwischen den Schenkeln, ein untrügliches Zeichen, dass mich eine lustvolle Erregung gepackt hatte. Michael drehte sich mit dem Rücken zu mir und streifte die Unterhosen über seine Hüften. Ein straffer, knackiger Po kam zum Vorschein. Ich biss mir auf die Lippen, wollte ihn warnen und gleichzeitig wollte ich unbedingt auch den Rest von ihm sehen.

Er stand am Beckenrand, schloss die Augen, hob die Arme über den Kopf und streckte sich, dabei atmete er tief ein. In diesem Moment sah ich alles: Von dem dunkelblonden Büschel seiner Schamhaare glitt mein Blick zu dem wohlgeformten Schwanz und den rosafarbenen Eiern, die seitlich davon herunterhingen. Sein Schwanz war unbeschnitten, eher kurz und ziemlich dick. Gerade wollte er ins Becken springen, da öffnete er die Augen – und das war natürlich der Moment, in dem er mich erblickte.

Wie mir verschlug es ihm die Sprache. Der Schock war so groß, dass er einfach nur dastand, mit offenem Mund und blinzelnden Augen, als ob er schon ins Becken gesprungen wäre und einen Schwall Wasser verschluckt hätte. Wir schwiegen regungslos, schauten uns nur an, während Panik in uns hochstieg. Keiner von uns beiden wusste, was er sagen sollte. Ich fühlte mich entsetzlich schuldig, weil ich ihn in diese Situation gebracht hatte. Gleichzeitig bebte ich innerlich vor Erregung, denn mir war wohl bewusst, welche Wirkung mein nackter Körper auf ihn haben musste.

Er versuchte, seine Genitalien mit den Händen zu bedecken, doch sein wachsender Schwanz ließ keinen Zweifel daran, was meine Anwesenheit mit ihm anstellte. Er wurde immer praller und länger und wuchs zu seiner vollen Größe an. Auch Michaels Gesicht veränderte sich, der verlegene Ausdruck von vorhin verwandelte sich in pure Lust. Ich hatte aus dem spirituellen jungen Mann einen Menschen aus Fleisch und Blut gemacht, der der Macht körperlichen Begehrens genauso ausgeliefert war wie wir alle.

Schon sein Anblick löste kleine Zuckungen in meiner Klitoris aus. Aber ich war die Ältere und Erfahrenere von uns beiden, und so musste ich wenigstens den Anschein von Anstand wahren. Selbst wenn wir uns nie berührten, hatte ich jetzt schon genügend Eindrücke gesammelt, um für die nächsten Monate genug Phantasien zum Masturbieren zu haben. Das redete ich mir jedenfalls ein, während ich beschloss, mich moralisch korrekt zu verhalten und mir – wie auch ihm – das zu verweigern, was wir beide am liebsten getan hätten. Die klösterliche Atmosphäre muss auf mich abfärben, dachte ich, während ich mich vorsichtig auf den Haken zubewegte, an dem meine Kutte hing. Anscheinend hatte ich mit einem Mal ein Gewissen bekommen!

»Es tut mir leid«, sagte ich, obwohl es mir im Grunde überhaupt nicht leidtat. »Ich hätte mich hier nicht hereinschleichen und mich auch nicht so zeigen sollen. Wenn Sie mich vorbeilassen, dann nehme ich die Kutte und warte in meinem Zimmer, bis meine Sachen trocken sind.«

Ich musste an ihm vorbei, wenn ich zur Tür wollte. Der flackernde Schimmer des Wassers tauchte unsere Körper und alles um uns herum in ein grünliches Licht. Meerblaue Lichtwellen liefen über unsere Haut und reflektierten auf der Wasseroberfläche. Eine unheimliche, entrückte Atmosphäre umgab uns.

Mein Verstand riet mir, einen kühlen Kopf zu wahren, doch mein Körper brannte vor Erregung. Mit jedem Schritt, den ich auf ihn zuging, klopfte mein Herz ein wenig schneller. Es war unmöglich, meine Erregung zu verbergen. Meine Titten richteten sich auf, meine Nippel liefen dunkel an und wurden hart. Ihm fehlte wahrscheinlich die Erfahrung, um die klassischen Signale einer ungemein erregten Frau zu deuten, doch sein Schwanz wusste Bescheid. Unter seinen Fingern wurde er immer größer und ließ sich kaum noch verdecken.

Ich war nur noch wenige Zentimeter von ihm entfernt und konnte den frischen Schweiß von der anstrengenden Gartenarbeit auf seiner Haut riechen. Es war der urwüchsige, salzige Geruch eines Mannes, der den ganzen Tag körperlich gearbeitet hatte. Ich gab mir Mühe, nicht zu tief einzuatmen.

Ich war beinahe nah genug, um an meine Kutte zu gelangen. Er musste mir nur Platz machen und mich zur Tür lassen. Doch er bewegte sich nicht vom Fleck, im Gegenteil, er trat einen Schritt zur Seite und stellte sich zwischen mich und die Tür. Kurz schaute er zur Decke, als wolle er Gott um Hilfe anflehen, dann schluckte er und sah mich an. »Ich lebe schon, seit ich sechzehn bin, in diesem Kloster«, sagte er. »Und ich bin noch nie mit einer Frau zusammen gewesen.«

Er redete weiter und stotterte dabei vor Aufregung oder vor Scham, weil er nackt war. »In drei Wochen lege ich mein Gelübde als Mönch ab. Bitte lass mich spüren, wie es ist. Bevor ich mich für immer dagegen entscheide.«

Es war das seltsamste und zugleich das geilste Angebot, das mir je ein Mann gemacht hatte. Es verstieß gegen alle Regeln … es war so unmoralisch … und so unglaublich scharf.

»Ist das nicht verboten?«, fragte ich und bot ihm einen letzten Ausweg, um seine Jungfräulichkeit zu bewahren.

»In drei Wochen, ja, aber heute noch nicht.«

»Ich weiß nicht so recht«, sagte ich, und das Zittern in meiner Stimme musste ihm verraten, wie sehr ich mit mir rang. »Was ist, wenn es dir gefällt?« Woran ich nicht zweifelte. »Was, wenn du das Kloster wegen mir verlässt? Dafür möchte ich nicht verantwortlich sein.«

Meine Worte hingen im Raum. Wir hätten vermutlich den ganzen Nachmittag dort stehen können – eine nackt badende Journalistin und ein unbekleideter Klosternovize, die sich am Rande eines Wasserbeckens irgendwo in der walisischen Provinz über philosophische und theologische Fragen unterhielten.

Doch während ich noch auf seine Antwort wartete, umfasste er meine Brust und drückte sie sanft. Er war wie ein Kind, das zum ersten Mal Schnee sieht: vorsichtig, forschend und voller Staunen über jede neue sinnliche Erfahrung. Mit dem Finger zeichnete er eine Linie von meinem Busen zu meinen Schamhaaren, die er zärtlich streichelte und durch seine Hände gleiten ließ. Er berührte mich so sanft und dabei so wahnsinnig erregend. Kein noch so erfahrener Liebhaber hatte mich je so angefasst. Ich legte ihm die Hand in den Nacken und zog sein Gesicht zu mir. Unsere Lippen berührten sich leicht in einem ersten schüchternen Kuss. Ich öffnete die Lippen und erlaubte ihm, mit seiner Zunge in meinen Mund vorzudringen. Er küsste mich langsam, hingebungsvoll und voller Zärtlichkeit.

Nach meiner Erfahrung ist ein wundervoll sanfter, einfühlsamer Kuss, auch wenn er nur einige Augenblicke dauert, viel wirkungsvoller als stundenlanges, unbeholfenes Vorspiel. Michaels Reaktion bestätigte dies voll und ganz. Er schmiegte sein makelloses Gesicht an mich, unsere Münder schienen wie für einander geschaffen. Als wir uns küssten, gab mein Körper jeden Widerstand auf und presste sich wie von selbst an ihn. Meine Titten rieben an dem weichen Flaum auf seiner starken Brust, während sich sein Ständer an meinen weichen Bauch drängte. Seine Eier berührten meine feuchten Schamhaare und zuckten, als er zunehmend erregter wurde. Er war so jung und stark und gleichzeitig so unschuldig und unerfahren. Das und der Gedanke daran, dass wir etwas streng Verbotenes taten, machten mich nur noch geiler, und der Saft lief mir an den Schenkeln hinunter.

Nachdem er sich einmal darauf eingelassen hatte, gab es kein Zurück mehr. Er löste sich von mir und musterte mich von oben bis unten. Seine Augen wanderten über meinen Körper, und in diesem Moment verlor er seine Unschuld. Wie bei einer Schlange, die sich häutet, verdunkelten sich seine Augen, und unter dem Ausdruck kindlicher Begeisterung kam eine rohe, tierische Lust zum Vorschein.

Er beugte seinen Kopf zu meiner rechten Brust und küsste sie wild, während er die linke mit der Hand massierte. Dabei erwies er sich, wie schon beim Küssen, trotz seiner Unerfahrenheit als Naturtalent. Ich lehnte mich gegen die Wand, deren Kühle wunderbar beruhigend war. Mein ganzer Körper pochte und zitterte unter seinen Berührungen, meine Klitoris sehnte sich nach dem Druck seiner Daumen. Doch ein guter Liebhaber kann sich nicht nur auf sein instinktives Wissen verlassen. Selbst älteren, erfahreneren Lovern musste ich oft erklären, wie sie meine Klitoris berühren sollten, damit es sich gut anfühlte. Oder wusste Michael instinktiv, was mein Körper brauchte?

Ohne Vorwarnung griff er unter meine Schenkel und hob mich mühelos hoch, als wäre ich eine Puppe. Meine Titten und mein Bauch strichen an seiner Brust entlang, als er mich so weit nach oben drückte, bis sich meine Möse direkt über seinem erigierten Schwanz befand. Ich spürte, wie die pulsierende Spitze seines Ständers gegen meine Schamlippen drückte.

»Hier«, sagte ich und nahm den Arm von seinem Nacken. Ich spreizte meine Schamlippen und zeigte ihm meine rote, feuchte und pralle Klitoris, die unbedingt von ihm berührt werden wollte. »Ich möchte, dass du mich genau hier anfasst.«

Ich hatte erwartet, dass er mich mit der Hand berührte, doch stattdessen streichelte und kitzelte er meine Klitoris mit seiner Schwanzspitze. Die weiche Wärme seines Schwanzes stimulierte mich so intensiv und gleichzeitig so zart, dass meine Möse sich heftig zusammenzog. Ich schaute auf seinen Ständer. Aus der dunkelroten Spitze der freiliegenden, überaus empfindlichen Eichel quoll ein winziger Lusttropfen. Sein Schwanz wollte in mich hinein, und ich wollte ihn unbedingt in mir spüren.

Noch einmal spreizte ich mit den Fingern meine Schamlippen, so dass er mein Loch sehen konnte. Ich zeigte ihm genau, was ich von ihm wollte. Im nächsten Moment drang er in mich ein und stieß mit seinem großen, dicken Schwanz in meine Möse. Mein Rücken kratzte über die unebene Steinwand, doch ich spürte es kaum. Ich vergrub den Kopf an seiner Brust, atmete seinen frischen, männlichen Geruch ein und musste einfach in seine Haut beißen. Daraufhin bewegte er sich noch schneller und härter in mir. Ich drückte mein ganzes Gewicht auf seinen Ständer und spürte, wie sein Schwanz mich ganz ausfüllte. Seine Hüften bewegten sich vor und zurück, und seine Schamhaare rieben und kitzelten meine Klitoris, bis mein gesamter Körper vor Lust bebte.

Michael ging auf die Knie, ohne mich dabei loszulassen oder aus mir herauszugleiten. Ich legte mich auf die Steinplatten und machte die Beine für ihn breit. Mit seinem ganzen Gewicht bohrte er sich in meine Möse, während sein

Körper sich geschmeidig und gleichmäßig auf- und abbewegte. Kein Muskel zuckte in seinem Gesicht, nur auf seiner Stirn pochte eine Vene. Ich dagegen verlor jede Beherrschung und wurde zum Tier. Ich wand mich unter ihm, bäumte mich auf und grub meine Hacken in seinen knackigen Arsch. Ich grub die Nägel in seinen Rücken und fauchte dabei wie eine Katze, während er im Rhythmus seiner Stöße keuchende Laute von sich gab. Meine Titten hüpften auf und ab, und mein Arsch wackelte, während ich mich immer fester, härter, schneller gegen ihn drückte. Mir war alles egal, mich interessierte nur noch, wie ich es ihm besorgen konnte und er mir.

Als ich kam, drückte ich meine Finger in seine festen Pobacken, um ihn noch tiefer in mir zu spüren. Mein ganzer Körper wurde von orgiastischen Krämpfen geschüttelt, die heftiger waren und länger anhielten als bei jedem anderen Höhepunkt, den ich bis dahin erlebt hatte. Eine Serie von kleinen Explosionen erschütterte meinen Körper, doch kaum war ein Sprengsatz hochgegangen und verebbt, explodierte schon der nächste, und neue Lustwellen durchfluteten mich. Die Kontraktionen meiner Möse massierten Michaels harten Schwanz, und er kam ebenfalls. Ein seltsamer Ausdruck von Lust und Schuld trat in sein Gesicht, als er seinen Samen in mich spritzte.

Wir lagen noch eine Weile umschlungen im grün schimmernden Licht neben dem Becken. Außer dem Plätschern des Wassers und unseren tiefen Atemzügen war nichts zu hören. Schließlich lösten wir uns voneinander.

Bruder Michael stieg in das Becken und tauchte im Wasser unter. Ich folgte ihm. Sein Sperma floss aus meiner Möse und zog auf der Wasseroberfläche seidenartige Fäden, die aussahen wie das zarte Muster einer weißen Marmorplatte.

»Und?«, fragte ich. »Was nun?«

»Ich weiß es nicht«, sagte er und schaute dabei auf die milchige Substanz im Wasser. Plötzlich war er wieder der unbeholfene Novize, der mir nicht in die Augen sehen konnte. »Ich glaube, nun brauche ich sehr viel mehr Reinigung als ein Bad in diesem Wasserbecken. Aber ich danke dir«, sagte er und zog mich an sich heran. »Du hast mir zu einer wundervollen Erfahrung verholfen. Meine Entscheidung werde ich jedoch alleine treffen. Bitte, ich möchte nicht, dass du dich schuldig fühlst.«

Ich verabschiedete mich mit einem Kuss, stieg aus dem Wasser und wickelte die übergroße Kutte um meinen nassen Körper. Ich konnte spüren, wie sich sein Blick in meinen Rücken bohrte, als ich den Raum verließ, doch ich drehte mich nicht um. Man sollte nie zurückschauen. Auf dem Weg zu meinem Zimmer holte ich meine Kleider, die immer noch etwas feucht waren. Aber an meinem aufgeheizten Körper würden sie sicher schnell trocknen. Im Korridor lief ich dem älteren Mönch über den Weg, der mir am Abend vorher so freundlich die Tür geöffnet hatte.

»Da sind Sie ja«, sagte er. »Der Pannendienst ist gekommen und kann Sie jetzt zu Ihrem Wagen bringen. Ich wünsche Ihnen eine sichere Heimreise nach London.« Ich dankte ihm für die Gastfreundschaft und verließ das Kloster. Es war Zeit, ins wirkliche Leben zurückzukehren.

Bis auf den heutigen Tag weiß ich nicht, ob Bruder Michael seine Gelübde abgelegt oder ein neues Leben angefangen hat, zu dem auch Sex gehört. Ein bisschen hoffe ich ja, dass er im Kloster geblieben ist. Schließlich kommt es nur äußerst selten vor, dass man für einen Mann die erste *und* die letzte Frau war.

Maskerade

Im letzten Band befand sich eine Geschichte über das Supermodel »Anna Lamb« und ihren Lover, den Rockstar Joey. Eine gemeinsame Freundin hatte mir die Story anvertraut. Als das Buch erschienen war, bekam ich Anrufe von sämtlichen Journalisten Londons, die mich beknieten, ihnen doch die wahre Identität der beiden zu verraten. Selbstverständlich tat ich das nicht.

Dafür hörte ich von Anna, dass ihr die Geschichte sehr gut gefallen hätte. Und der Gedanke, dass so viele Menschen von ihrem Orgasmus auf dem Laufsteg gelesen hatten, machte sie wahnsinnig an. Nie würde ich es riskieren, Annas geheime Identität zu enthüllen; wir sind in der Zwischenzeit Freundinnen geworden, und sie vertraut mir. Es wäre unerträglich für mich, wenn ich keine Geschichten mehr von ihr hören könnte. Die folgende ist so außerordentlich erotisch, dass ich eine ganze Woche lang jeden Abend vor dem Einschlafen das Band mit ihrer Stimme abgespielt habe. Anna hat nichts dagegen, wenn auch Sie sich ihr Geständnis anhören, ganz im Gegenteil …

Anna Lamb war gelangweilt. Joey Harper, ihr Lover und *enfant terrible* der britischen Musikszene, tourte in Kanada, während sie bei einem Auftrag zum Modeln in Hawaii festsaß. Wenn er auf Tour war, dann verwandte Joey all die Kreativität, die er sonst in ihren Sex einfließen ließ, auf seine

Bühnenauftritte. Anna war einsam und fühlte sich vernachlässigt. Sie hatte sich daran gewöhnt, dass Joey sich wilde, originelle Sexspiele für sie ausdachte und dass jedes ihrer erotischen Abenteuer noch gewagter war als das letzte.

Nun war es schon einen ganzen Monat her seit ihrem letzten Fick. Bei diesem denkwürdigen Ereignis hatte er es ihr während der Mailänder Modewoche backstage in der Garderobe besorgt. Natürlich unterhielten sie sich am Telefon darüber und erinnerten sich gegenseitig daran, wie geil es gewesen war. Doch man kann auch nicht immer nur die Hand ins eigene Höschen stecken, während man in der anderen das Handy hält. Anna ließ Joey nicht in Ruhe und lenkte ihn so von den Massen weiblicher Fans im Teenageralter ab. Sie sprach anzügliche Nachrichten auf seine Mailbox und schickte ihm Videos von sich, in denen die Kamera langsam von einem Bikinioberteil zu ihren kleinen, braungebrannten Brüsten schwenkte oder ihr eine dunkelblonde Strähne auf die Schulter fiel oder ihre enge, erstklassige Muschi zu sehen war – sie war wirklich in jeder Hinsicht ein Supermodel. Wenige Frauen auf der Welt wurden so oft fotografiert wie Anna, aber diese kurzen Filmchen waren nur für Joeys Augen bestimmt.

Anna hatte den Auftrag zu Ende gebracht, und es war ihr letzter Abend in Hawaii, als ihre Langeweile sich schlagartig in Hochspannung verwandelte. Ihr Handy vibrierte und piepte: Joey hatte ihr eine SMS geschickt.

»Ich hab ein paar Tage frei. Brauch einen Fick. Komm morgen Abend nach L.A. Treffpunkt: Sunset Bar. 22 Uhr. xxx«

All die millionenschweren Playboys, mit denen Anna vor Joey ausgegangen war, hätten ihr einen Privatflieger gechartert oder sie persönlich auf Hawaii abgeholt. Joey dagegen sagte ihr einfach, was sie zu tun hatte, und ließ sie auf eigene Kosten durch halb Amerika fliegen, um ihn zu treffen. Und genau das mochte Anna. Der magere Rock-'n'-Roll-Bengel war der einzige Mann, den sie je getroffen hatte, der genug Selbstbewusstsein – oder eher Arroganz – besaß, um sie nicht wie eine zerbrechliche Statue zu behandeln. Statt sie auf ein Podest zu stellen und anzubeten, sah er sie als Sexobjekt, mit dem er alle seine perversen Leidenschaften ausleben konnte. Es kam Joey nie in den Sinn, dass Anna einmal zu etwas nein sagen könnte. Und das gefiel ihr so sehr an ihm. Natürlich auch seine beweglichen, geschickten Musikerhände und sein Schwanz, der so groß war, dass sich jeder Fick wie eine Entjungferung anfühlte. Beim Gedanken an Joeys Schwanz lächelte Anna in sich hinein.

Vierundzwanzig Stunden später, nach ein paar hektischen Telefonaten und nachdem sie etliche ihrer Kreditkarten hatte zücken müssen, wurde Anna von einem Chauffeur am Flughafen in L.A. abgeholt. Um acht Uhr abends checkte sie in ihre ganz in unberührtem Weiß gehaltene Suite im angesagten, minimalistischen Sunset Hotel ein. In genau zwei Stunden sollte sie Joey in der exklusiven Bar treffen, die nur Gästen des Hotels und A-Promis vorbehalten war.

Sie duschte und nahm sich die Zeit, ihre Schamhaare bis auf einen kleinen Streifen ein paar Zentimeter über ihrer Klitoris abzurasieren. Die Stelle hatte die Größe und Form eines Plektrums. Schon beim Rasieren spürte sie, wie ihre empfindliche Klitoris vor lauter gespannter Vorfreude auf Joeys Besuch anschwoll. Während Anna sich einseifte, ließ sie die Finger über ihren nun fast nackten Schamhügel gleiten und überlegte unentschlossen, ob sie sich weiter streicheln und zwischen ihre Schamlippen fahren sollte, damit sie ungehindert ihre Klitoris berühren konnte. Wenn sie sich jetzt selbst befriedigte, dann wäre sie nachher beim Treffen mit Joey gelassener und ruhiger. Wenn sie so wahnsinnig scharf auf Sex war, konnte er mit ihr anstellen, was er wollte. Allerdings machte sich da diese wundervolle sexuelle Spannung in ihrem Unterleib breit, und aus Erfahrung wusste sie, dass ihr Orgasmus umso heftiger war, je länger sie darauf warten musste, dass Joey ihr endlich erlaubte zu kommen. Rasch nahm sie die Finger von ihrer Klitoris. Gedulde dich, dachte sie bei sich. Warte auf ihn.

Anna ließ ihr Haar verwuschelt, so wie Joey es mochte, und legte auch kein Make-up auf – außer dem schwarzen Kajal um die Augen, der ihr Markenzeichen war. Sie streifte ein hauteng anliegendes rotes Minikleid über ihren nackten Körper und überprüfte ihr Outfit im Spiegel: Sie sah gut aus. Unterwäsche zog sie keine an – das war wirklich überflüssig. In Joeys Gegenwart dauerte es nie lange, bis er ihr zumindest den Slip auszog, und er mochte es, wenn ihre Möse für ihn überall leicht zugänglich war. Ihm war es egal, ob sie dabei erwischt wurden, wenn er ihr die Hand unter den Rock schob.

Es war 21.55 Uhr. In fünf Minuten sollte sie Joey unten in der Bar treffen. Sie entkorkte eine Flasche Champagner, trat hinaus auf den Balkon und zündete sich eine Zigarette an. In L.A. war Rauchen inzwischen praktisch überall verboten, aber das scherte sie einen Teufel. Sie nahm einen tiefen Zug und spürte, wie das Nikotin und der Champagner durch ihre Adern pochten. Ganz benommen vor Spannung und Vorfreude starrte sie hinüber zu den Hollywood Hills.

Um 22.40 Uhr ging Anna völlig gelassen hinunter zur Bar, fest überzeugt, dass Joey dort auf sie wartete. Sie bestellte einen Kir Royal – das Sunset war weltberühmt für seine Champagner-Cocktails – und suchte die Bar nach ihm ab. Er war nicht da. Sie ließ den Blick über die anderen Gäste gleiten. Die Frauen und Männer in der Bar sahen sich zum Verwechseln ähnlich: Alle hatten perfekt blondierte Strähnchen in den Haaren, perfekt überkronte Zähne, perfekt operierte Nasen und den perfekt gebräunten Teint. Perfekt langweilig, dachte Anna. Nicht einer der im Fitnessstudio aufgemotzten

Adonise hier besaß auch nur den Bruchteil des Sex-Appeals, den ihr kleiner, abgerissener Joey ausstrahlte.

Punkt 23 Uhr erschien er dann. Anna sah ihn schon an der Tür. Kurz verschlug es ihr den Atem, genau wie beim allerersten Mal, als sie ihn erblickt hatte. Die unglaubliche erotische Ausstrahlung hatte sie schon vom ersten Moment an gefesselt. Er trug enge schwarze Jeans und ein nicht mehr ganz sauberes schwarzes Hemd aus losem Musselinstoff, das im Piratenstil geschnitten war. Er trug es offen, so dass seine knochigen Hüften zu sehen waren. Um den Hals hatte er sich eine Hippiekette aus Liebesperlen geschlungen, und um die Handgelenke waren schwarze Lederbänder gewickelt. An seinen Fingern blätterte der schwarze Nagellack ab, und er trug alte, abgewetzte Baseballstiefel. Als er Anna entdeckte, begrüßte er sie nicht und entschuldigte sich auch nicht für sein Zuspätkommen. Er ging einfach zu ihr, beugte sich hinunter und küsste sie. Seine Zunge erkundete ihren Mund, als wäre sie eine brandneue Frau und nicht eine Loverin, deren Körper er schon in- und auswendig kannte.

»Hallo, Kleines«, sagte er. Keine Entschuldigung, keine Erklärung, niemals. Es war fast lächerlich, wie sehr sie auf sein arrogantes Verhalten abfuhr. »Lass uns abhauen von hier. Dieser Laden macht mich fertig.«

»Wir können noch nicht gehen! Du bist doch gerade erst gekommen! Und ich hab meinen Cocktail noch nicht ausgetrunken!«

Joey nahm Anna das Glas aus der Hand und stürzte den Alkohol in einem Zug hinunter.

»Jetzt ist er leer. Ich hau wieder ab. Mach, was du willst.«

Natürlich wusste er genau, was er tat. Anna Lamb, das Supermodel, das einst legendär gewesen war für sein aufbrausendes Temperament, das Mädchen, das laut der Regenbogenpresse die Männer zum Frühstück vernaschte, folgte

Joey gehorsam aus der Bar hinaus zur Hotelauffahrt, wo ein Fahrer in einem großen schwarzen Mercedes mit getönten Fenstern auf sie wartete. Einen kurzen Moment lang bekam Anna schlechte Laune. Wenn Joey von Ausgehen redete, bedeutete das meistens, dass er mit anderen Bands abhängen wollte. Gewöhnlich landeten sie dann immer auf einer After-Show-Party in einem schmuddeligen Kellerclub mit klebrigen Böden und Hunderten von Groupies, die sich durch so eine Kleinigkeit wie die Supermodel-Freundin nicht von ihrem Star fernhalten ließen.

Aber es war nicht nur das: Anna wollte allein mit Joey sein. Sein Kuss in der Hotelbar hatte eine Kettenreaktion ausgelöst, die ihren ganzen Körper erfasst hatte. Ströme von Lust liefen ihr von den Lippen über die Titten bis hinunter zu ihrer Möse. Sie war heiß und bebte vor Erregung, und nichts außer Joeys Berührungen konnte ihr Erleichterung verschaffen. Wenn er sie jetzt auf eine Party mit anderen Promis und den üblichen Anhängseln schleppte, würde es Morgen werden, bis sie endlich in ihr großes weißes Bett kamen und ficken konnten. Und so lange konnte Anna nicht warten. Unmöglich.

»Wie war der Gig gestern Abend?«, fragte sie Joey, als sie sich neben ihn auf die lederne Rückbank setzte.

»Okay«, sagte er und zog sie zu sich. »Während der ganzen Show hab ich dich nicht aus dem Kopf gekriegt, ich hatte einen Riesenständer. Hat der Musik noch eine Ladung Extrapower gegeben. Fast hätt ich mir einen runtergeholt, so geil war das. Aber ich dachte, ich wart lieber bis heute Abend.«

Er legte die Hand wie zufällig zwischen Annas nackte Schenkel, die knapp von dem Minikleid bedeckt wurden. Der Finger, mit dem er auf der Gitarre die Saiten anschlug, hatte an der Kuppe eine kleine Hornhaut. Genau mit diesem Finger kitzelte er auch ihren Orgasmus aus ihr heraus. Wollte er hier auf dem Rücksitz des Wagens vögeln oder zumindest fummeln? Sie würde mitmachen, natürlich, sie hatte ja keine andere Wahl. Fast wünschte sie sich, dass er es ihr direkt hier besorgte, so scharf war sie auf ihn – doch ein Fick auf dem Rücksitz wäre etwas zahm für Joeys Verhältnisse. Wenn das alles war, was er zustande brachte, nachdem sie sich einen Monat lang nicht gesehen hatten, dann verlor er seinen magischen Touch.

Joey ließ seine Hand einfach zwischen Annas Beinen liegen. Die starke sexuelle Anziehung zwischen ihnen erregte Anna viel mehr, als er mit einer bloßen Berührung erreichen konnte. Vielleicht spürte er ja, wie immer mehr Feuchtigkeit aus ihrer Möse tropfte und Flecken auf ihrem Kleid hinterließ, doch er sagte keinen Ton. Der Wagen brauste durch die breiten Straßen von L.A., und die Gegend veränderte sich. Bald ließen sie die großen Boutiquen, Villen und Restaurants hinter sich und fuhren an heruntergekommenen Apartmenthäusern, mit Brettern vernagelten Läden und ausgebrannten Pkws vorbei. Joey entspannte sich sichtlich in dieser düsteren Umgebung und fühlte sich immer wohler. Mit einem Lächeln griff unter seinen Sitz und reichte Anna einen kleinen schwarzen Beutel.

»Mach ihn auf«, sagte er.

Fasziniert zog Anna an den kurzen Samtbändern, mit denen der Beutel zugeschnürt war. Sie nahm eine goldfunkelnde Maske heraus, wie man sie auf einem Maskenball in Venedig tragen würde. Die Maske war über und über mit bronzefarbenen Federn geschmückt und bedeckte Augen und Nase. Annas spitzes Kinn und ihr zarter rosa Schmollmund dagegen würden darunter noch sichtbar sein.

»Wofür ist das?«, fragte Anna, der mit einem Mal gar nicht mehr langweilig war. »Und wo fahren wir eigentlich hin?«

»Was deine erste Frage betrifft, die Maske brauchst du, damit dich niemand erkennt. Und das Ziel unserer kleinen Spritztour … ich nehme dich mit auf ein neues Abenteuer, Kleines. Eines, das du bestimmt nie vergessen wirst. Ich habe von diesem *extrem* exklusiven Club gehört. Du kannst dir nicht vorstellen, was die von mir wollten, damit sie uns als Mitglieder aufnehmen. Und auch nur für heute Nacht.«

»Ein Club?« Anna konnte ihre Enttäuschung nicht ganz verbergen. Sie rutschte auf der Rückbank hin und her und versuchte ihre Klitoris an Joeys Hand zu reiben, damit er sie dort streichelte.

Doch er nahm seine Finger weg und tippte an die Fensterscheibe, die Fahrer und Fonds voneinander trennten. »Danke, Kumpel … fahr bitte die Nächste links rein.« Sie verließen den breiten Boulevard und fuhren langsam eine schummrige, verwahrloste kleine Straße entlang. Von der märchenhaften Glitzerwelt von L.A., die Anna kannte, war hier nichts zu sehen. Sie wusste, dass es in der Stadt eine Underground-Rockszene gab, aber dass sich ein elitärer Club in so einer Gegend befinden sollte, war kaum vorstellbar. Nach Annas Erfahrung siedelten sich die wirklich exklusiven Clubs mit den roten Teppichen und den Absperrungen aus Samt eher an den hellerleuchteten Boulevards an.

»Wart hier auf uns, Kumpel«, sagte Joey und gab dem Fahrer ein Bündel Geldscheine. »Keine Ahnung, wann wir wieder rauskommen. Das könnte 'ne ganze Weile dauern. Aber«, fügte er mit einem verschwörerischen Zwinkern hinzu, »vielleicht gefällt's der Lady auch nicht. Dann sind wir in fünf Minuten wieder draußen.«

Bevor sie aus dem Wagen stiegen, sagte Joey zu Anna: »Behalt deine Maske an. Kaum ein Mensch kennt den Laden, deshalb sollte es keine Probleme mit Paparazzi oder Reportern geben, die sich eingeschlichen haben. Aber man weiß ja nie.« Voller Zärtlichkeit legte er die Maske noch etwas enger um Annas Augen und verschnürte sie hinter ihrem Kopf mit einem festen Knoten. Die losen Enden des Seidenbandes streiften sanft ihre Schultern und ihr Schlüsselbein, ein sinnliches Echo von Joeys Berührung. Sie schloss die Augen und gab sich ganz dem Gefühl der Seide auf ihrer Haut hin. Als sie Joey wieder anschaute, trug er eine schwarze Zorro-Maske. Sie ging ihm ebenfalls über Augen und Nase und endete knapp über dem sinnlichen Mund, der so wundervoll höhnisch grinsen konnte.

»Ach … super«, sagte Anna und gab sich Mühe, sich für Joeys bizarre Verkleidung zu begeistern. Aber viel lieber hätte sie ihn nackt gesehen. In dem Club würden sie jedoch keine Sekunde allein sein. Groupies würden sie belagern, und alles würde mit einem Fick auf der Toilette enden. Inzwischen hatte Annas Lüsternheit den Punkt erreicht, an dem es nicht darum ging, *ob* sie in den nächsten Stunden einen Orgasmus bekommen würde, sondern nur noch darum, wo und wann. Eine heiße Nummer auf dem Klo konnte zwar scharf, geil und aufregend sein … doch, na ja, das hatten sie hinter sich, darüber waren sie sozusagen schon hinaus.

Während seine eine Hand bereits am Türöffner lag, fuhr Joey mit der rauen Kuppe seines Gitarrenfingers die Innenseite von Annas straffem, durchtrainiertem Bein hoch und steckte ihn tief in ihre Möse. Beweis genug, dass er die ganze Zeit mitgekriegt hatte, wie geil sie war. Er ließ den Finger in ihr kreisen, beugte ihn und rieb mit der Fingerspitze über ihren Lustpunkt, den er sofort gefunden hatte. Dann zog er ihn wieder heraus und schob sich den feucht glänzenden Finger langsam in den Mund.

Sie stiegen aus dem klimatisierten Mercedes in die abendliche Wärme von L.A. Wie zwei ganz normale Clubgänger sahen sie aus – Anna in ihrem roten Kleid und der goldenen Maske und der ganz in Schwarz gekleidete Joey.

Der Wagen rollte um die Ecke, wo der Fahrer knapp außer Sichtweite parkte. Von der Straße aus war von dem Club nichts zu sehen als eine unauffällige schwarze Tür in einem armseligen zweistöckigen Gebäude. Außer ihnen befand sich nur noch ein stämmiger Sicherheitsmann mit einem Headset auf der Straße.

Er musterte Joey von Kopf bis Fuß. »Ihren Namen bitte, Sir?«

»Joey Harper«, sagte Joey.

Der Türsteher sprach etwas in sein Mikro, hörte kurz jemandem zu und nickte dann. »Passwort?«

»Maskerade«, antwortete Joey.

Die schwarze Tür öffnete sich, und sie betraten den Club, der noch nicht einmal einen Namen zu haben schien.

Es dauerte eine Weile, bis sich Annas Augen an die Dunkelheit im Innern des Clubs gewöhnt hatten. Die Wände und der Boden waren schwarz gestrichen, die gesamte Decke bestand dagegen aus einem Spiegel, in den winzige Lampen eingelassen waren. Sie warfen über alles einen unheimlich glühenden Schein. Im Halbdunkel konnte Anna Grüppchen von drei oder vier Menschen ausmachen, die in voneinander abgetrennten Separées saßen. Es war nicht besonders warm in dem Raum – die Klimaanlage lief auf vollen Touren. Anna hatte überheizte, nach Schweiß riechende Dancefloors erwartet, mit rhythmischen weißen Stroboskop-Blitzen, bunten Lichtorgeln und einem gut beleuchteten Eingangsbereich, wo die A-Promis sich in Dolce, de la Renta oder Marchesa ablichten lassen konnten, für die autorisierten Protokolle der Klatschblätter – und vor den Augen der anderen Promis. Das Klientel dieses Clubs dagegen, stellte Anna mit einem Stirnrunzeln fest, schien vornehmlich teure Strandbekleidung zu tragen, und das, wo sie schon eine Gänsehaut auf den Armen und Beinen hatte. Für einen Moment dachte sie, sie hätte versteckt in einer der Nischen die dunklen Umrisse zweier großer, praller Titten wahrgenommen, doch als sie noch einmal hinschaute, war die Gestalt verschwunden.

Durch schwarzgestrichene Trennwände und Mauern waren die Clubräume in eine Reihe von versteckteren Bereichen, salonartigen Sitzgelegenheiten, Kabinen, privaten Separées und Nischen unterteilt. Man hatte das Gefühl, als wäre man in einem geheimnisvollen Labyrinth und nicht in einem Nachtclub gelandet. In manche Wände waren alle paar Meter Löcher eingelassen, durch die das schummrige Licht eines Dancefloors fiel. Der war im Moment leer, nur eine junge Frau in einem mit Swarovski-Kristallen besetzten Bikini tanzte. Sie trug kniehohe Stiefel und eine Maske, die der von Anna ganz ähnlich war. Joey nahm Anna fest bei der Hand und führte sie über den Dancefloor. Von hier aus konnte sie bis zum anderen Ende des Clubs sehen. Der Anblick brachte sie abrupt zum Stehen.

Auf einer Bühne stand dort ein riesiges dunkelrotes Himmelbett. Die Matratze war mit scharlachroter Seide bezogen, darüber hingen weinrote Samtvorhänge. Das Ganze hätte viel eher in das Boudoir eines französischen Königs aus dem siebzehnten Jahrhundert gepasst als in einen Club mitten in L.A. Nichts im Raum war so hell erleuchtet wie das Bett. Tropfende, flackernde Kerzen in kunstvoll verzierten Kandelabern tauchten alles in ihr erotisches Licht.

Doch wirklich bemerkenswert war nicht das Bett selbst, sondern das Schauspiel, das sich *darauf* abspielte. Ein Mann mit einer schwarzen Lederkappe lag mit dem Rücken auf dem Bett. Die Kappe bedeckte sein ganzes Gesicht, sonst trug er nur ein Paar Motorradstiefel am Leib. Lange blonde Haare lugten unter dem Rand der Kappe hervor, und seine Zunge hing schlaff aus einem kurzen, offenen Reißverschluss heraus, der einzige Zugang zu seinem Mund. Seine Gespielinnen waren zwei identisch aussehende Zwillinge. Sie waren nackt bis auf hohe Stöckelschuhe mit Acrylsohlen, wie sie Pole-Tänzerinnen trugen, und riesige Creolen als Ohrringe. Die beiden Mädchen hatten die typische Hollywoodbräune und platinblonde Haare, die in weich fallenden Locken à la Marilyn Monroe frisiert waren. Eine der beiden kniete neben den Oberschenkeln des Mannes und war mit seinem großen, steifen Schwanz beschäftigt. Die wiederauferstandene Norma Jean blies ihn mit Hingabe. Ihr dick mit Zinnoberrot bemalter Mund glitt an seinem bebenden Ständer auf und ab. Dabei hinterließ der Lippenstift einen roten Ring an seiner Schwanzwurzel, und ab und zu waren ihre rosa Zunge und sogar ihre weißen Zähne zu sehen. Ihre abstehenden, runden Brüste waren so perfekt, dass es sich bei ihnen nur um das Werk eines extrem fähigen Schönheitschirurgen handeln konnte. Sie streiften über die Schenkel des Mannes, als er sich unter ihr vor Lust aufbäumte.

Bei genauerem Hinsehen bemerkte Anna, dass die beiden doch keine Zwillinge waren. Die Mädchen waren Schönheiten und sahen sich sogar etwas ähnlich, doch mit dem Make-up und den Perücken schlachteten sie nur eine klassische Männerphantasie aus

Die zweite Blondine kniete über dem maskierten Gesicht des Mannes und hielt ihm ihre aufreizende Möse über den Mund, die er jedoch nur gelegentlich lecken durfte. Sie hatte sich ebenfalls die Lippen in Zinnoberrot und die Augen in Schwarz geschminkt, wie ein Starlet aus den Fünfzigern. Als er den Hals reckte, um an ihre Möse zu kommen, warf sie den hübschen Kopf in den Nacken und lachte. Sie hatte sichtlich Spaß daran, wie gierig ihr Spielgefährte auf ihre Anmache reagierte.

Anna war schockiert und fasziniert zugleich. Bis jetzt war es bei all ihren sexuellen Abenteuern mit Joey immer nur um

Sex zwischen ihnen beiden gegangen. Sicher hatten sie riskante Spielchen gespielt und an öffentlichen Orten gevögelt, und das nicht nur einmal. Doch sie hatten es noch nie irgendwo getrieben, wo andere Leute direkt vor ihnen fickten. Joey war ein Genie! Wie hatte er bloß diesen Club gefunden? Diese aufgeladene Atmosphäre machte sie noch ein ganzes Stück schärfer auf ihn!

»Na«, sagte Joey und nahm von einem Kellner, der nur mit einer Schürze bekleidet war, ein Glas Sekt entgegen. »Was sagst du dazu?«

»Ich bin sprachlos.« Annas Stimme hatte einen dunklen, heiseren Ton angenommen, wie immer, wenn sie erregt war, es sich aber nicht anmerken lassen wollte. »Was ist das für ein Club? Und wer *sind* all diese Leute?«

»Leute wie du und ich, meine Süße«, sagte Joey. »Berühmte, erfolgreiche Leute, die ihre Sexualität erkunden oder einfach nur Spaß haben wollen, aber es bevorzugen, wenn die Klatschpresse keinen Wind davon bekommt.«

Genau in diesem Moment kam der Mann auf dem Bett und spritzte sein Sperma in einem Bogen direkt in den Mund einer seiner blonden Gespielinnen. Sie schürzte die roten Lippen, so dass Sperma aus ihrem Mundwinkel troff. Die zwei gleich aussehenden Frauen knieten einander gegenüber und beugten sich über den lustvoll zuckenden Körper des Mannes, dann küssten sie sich lange, wobei sie die Samenflüssigkeit einige Male untereinander austauschten. Die Erektion des Mannes ebbte langsam ab, und ein letzter Tropfen Sperma trat aus der Spitze seines in sich zusammenfallenden Ständers. Spielerisch stritten sich die beiden darum, zogen einander an den Locken, schlugen sich gegenseitig auf die Titten und kicherten, als sie darum kämpften, wer zuerst mit dem Mund an die Eichel durfte. Noch nie in ihrem Leben hatte Anna etwas so Erotisches gesehen, dabei wäre ihr nie der Gedanke gekommen, dass sie vielleicht lesbisch sein könnte. Dagegen war ihr das Gefühl warmer Flüssigkeit, die ihr die Beine hinunterrann, sehr vertraut: Gott, sie war klatschnass.

Sie legte die Hand um Joeys Hüfte und quetschte ihre Finger unter den Bund seiner hautengen Jeans. Er war tatsächlich steif. Sein aufragender Prügel von einem Schwanz war in den festen Deminstoff eingezwängt. Anna kreiste und rieb mit ihren Fingern über seine Schwanzspitze, genau wie er es mochte. Er keuchte leise auf vor Lust, und Anna lächelte. Zum ersten Mal an diesem Abend hatte er ein Zeichen von sich gegeben, dass er genauso angetörnt war wie sie.

Auf dem Bett ließ die eine Marilyn ein dünnes Rinnsal Sperma aus ihrem hübschen Schmollmund auf die Brüste der anderen tröpfeln. Die andere tat es ihr nach, und bald massierten sie sich gegenseitig Wichse in die Haut. Der maskierte Mann hatte sich inzwischen von seinem Orgasmus erholt und beteiligte sich an der Massage. Er saugte zuerst am Nippel der einen Marilyn, dann der anderen, wobei er sein eigenes Sperma von ihrer Haut leckte. Dabei war sein über und über tätowierter Rücken zu sehen. Anna erkannte das eindruckliche Körperkunstwerk sofort. In mehrfach verschnörkelten gotischen Buchstaben zog sich der Name einer berühmten Hollywoodschauspielerin über seine beiden Schulterblätter. Anna verschlug es kurz den Atem, als ihr der Zusammenhang klar wurde: Die Schauspielerin war mit einem berühmten Sänger verheiratet, und sie hatte ein ähnliches Tattoo von seinem Namen auf der Schulter. Die beiden waren für ihre aufeinander abgestimmten Tattoos bekannt. Angeblich ließen sie sich an jedem Hochzeitstag zusammen ein neues Tattoo machen. Dass keine der kleinen Marilyns die Gattin des Rockstars war, muss ich wohl nicht erst erwähnen.

Joey warf den Kopf in den Nacken und lachte fast verächtlich, als er sah, wie bei Anna allmählich der Groschen fiel.

»Verstehst du jetzt, warum wir alle hier Masken tragen, meine Kleine?«, fragte er. »Wenn das hier an die Presse kommt, dann ist seine Karriere zu Ende. Und seine Ehe gleich dazu.«

Anna setzte sich mit Joey auf eine violette Plüschbank und beobachtete, was um sie herum alles vor sich ging. Ihr wurde klar, dass jedes Kind auf allen fünf Kontinenten die Namen der anderen Gäste hier kannte – so exklusiv war dieser Club. Diese Frau dort drüben konnte zwar ihr Gesicht hinter der Pfauenfedermaske verstecken, doch es gab nur eine Berühmtheit mit dieser hageren Gestalt und diesen verräterischen langen, rotbraunen Locken – ein ehemaliger Teenagerstar. Sie hatte sich ihre Millionen mit Rollen verdient, in denen sie das süße, unschuldige Mädchen von nebenan gespielt hatte. Wie würde die Öffentlichkeit wohl reagieren, wenn sie sie jetzt sehen könnte, einen Schwanz im Mund und einen anderen tief in ihrem Arsch? Anna überlegte, ob man auch sie erkannte. Halb hoffte sie es sogar.

Der Anblick der rothaarigen Frau gab Annas überreizter Libido den Rest: Sie brauchte einen Fick, und zwar jetzt. Sie wandte sich zu Joey und küsste ihn. Von ihr aus konnte er an diesem Ort so weit gehen, wie er wollte. Offenbar war hier alles möglich. Er erwiderte ihren Kuss zuerst sanft und zärtlich, dann wurde er gieriger und zog an dem elastischen Stoff ihres Kleides, so dass eine ihrer kleinen Brüste zum Vorschein kam. Ihre Nippel waren superhart, und Joeys weiche Lippen fühlten sich göttlich an. Nach all der visuellen Stimulation kam auch ihr Körper endlich auf seine Kosten. Noch nie hatte Joey so fest an ihrem Nippel gesaugt. Er packte sie mit den Zähnen und zog daran, dann ließ er ihre Titten abrupt wieder los. Während er immer fester saugte, wurde Annas Klitoris immer heißer und praller. Sie schob seine Hand hinunter zu ihrer Möse und wollte nur noch, dass er sie endlich dort streichelte, doch Joey hatte etwas anderes im Sinn.

»Nicht hier …«, flüsterte er und deutete zum Dancefloor. »Ich will dich durch die Wand berühren.«

Was meinte er denn damit? Anna hatte keine Ahnung, aber sie nickte trotzdem und fügte sich kleinlaut seinem Wunsch. Joey führte sie zu einer winzigen Kabine mit Trennwänden auf beiden Seiten, die jeweils etwas über zwei Meter hoch waren. Als sie genauer hinschaute, konnte sie auf Hüft-, Brust- und Gesichtshöhe Löcher in den Wänden ausmachen.

»Bleib hier stehen«, befahl Joey. Anna stellte sich zwischen die beiden Trennwände, dann verschwand ihr Lover. Ein paar Sekunden stand sie wie gebannt da. Sie wusste nicht, was als Nächstes passieren würde, doch ganz sicher etwas Aufregendes, Geiles. Als sie an sich hinunterschaute, sah sie, wie sich eine Hand mit abblätterndem schwarzen Lack auf den Nägeln durch ein Loch auf Höhe ihrer Titten streckte. Die Hand fummelte an ihrem Schlauchkleid herum und zog es herunter, um an Annas Titten mit den harten, prallen, hellbraunen Nippeln zu kommen. Eine zweite Hand erschien in einem Loch weiter unter und zerrte ohne jeden Skrupel den Saum des Kleides hoch. Ihre heiße, pulsierende Möse wurde für jeden sichtbar, darüber der nacktrasierte Schamhügel mit der kleinen behaarten Stelle in Form eines Plektrums direkt über der Klitoris.

Eine Gruppe von Zuschauern versammelte sich um die Kabine. Selbst in diesem exklusiven Club bekam man nur selten einen so schönen Körper zu Gesicht. In Hollywood ist man an körperliche Perfektion gewöhnt, doch nur wenige der anwesenden Berühmtheiten hatten je eine Frau mit einer solch magnetischen Anziehungskraft wie Anna gesehen: Alle bewunderten ihre frechen kleinen Titten, die samtene Haut, den makellos geformten Hintern, ihre endlos langen Beinen, die sich von ihrer süßen, fleischigen Muschi bis zu den seidenweichen, eleganten Füßen hinzogen. Dieser wunderschöne Körper war, wie man deutlich sehen konnte, unglaublich angetörnt und lechzte förmlich nach Sex. Anna bewegte sich langsam und sinnlich unter den Berührungen von Joeys körperlosen Händen, die sie ertasteten, kniffen und streichelten. Noch nie in ihrem Leben war sie so erregt gewesen, und obwohl ihr ekstatischer Gesichtsausdruck hinter der Maske verborgen war, konnten alle ihre Erregung spüren.

Anna schloss die Augen und gab sich ganz den Empfindungen hin, die Joeys Hände in ihr auslösten. Sie bewegte sich vor und zurück und wand sich, während Hände sie überall berührten, leicht in ihre Titten kniffen, ein Finger sich zwischen ihre Lippen drängte, damit sie darauf beißen konnte, und einmal sogar eine Handfläche fest gegen ihre Kehle drückte, so dass sie nach Luft schnappte und ihr kurz schwindlig wurde. Sie spürte, wie sich jeweils zwei Finger an die Seiten ihrer Klitoris schoben und kurz in ihre Möse glitten, um ihre natürliche Feuchtigkeit als Gleitmittel zu benutzen. Fest und schnell rieben die Finger dann über ihre harte, geschwollene Perle. Es war himmlisch, und die Hitze in ihrer Möse wurde immer brennender, als Anna sich ganz den erotischen Empfindungen hingab. An ihren beiden Brüsten machten sich Hände zu schaffen, zogen an ihren Nippeln, schoben sie hoch und ließen sie kreisen, schüttelten ihre Titten, als wären sie Götterspeise; dazu ein dritter Finger, der wie wild geworden über ihre Klitoris rieb …

Anna öffnete die Augen und schaute an sich hinunter. Drei Hände! Da waren drei Hände, und sie bewegten sich so schnell, dass Anna sie kaum erkennen konnte. Sie konnten nicht alle zu Joey gehören, wer war also diese zweite Person, die sie da streichelte? Sie blickte hinaus aus der Kabine auf die Zuschauermenge. Etwa zwanzig Leute hatten sich da versammelt. Die meisten streichelten ihre Partner oder berührten sich selbst. Und da, ganz vorne in der Gruppe, stand Joey mit offenem Hosenladen, seinen Schwanz in der Hand. Er starrte sie durch die Augenschlitze der Maske hindurch an. Seine Oberlippe verzog sich zu einem lüsternen Grinsen, als ihre Blicke sich trafen. Doch wessen Hände waren es, die sie hier so wahnsinnig anmachten und fast zum Höhepunkt brachten? Und wann hatte Joey mit diesen Fremden Plätze getauscht?

Sie stieß die Hüften nach hinten und zog ihre Klitoris weg von den neugierigen Händen. Sie hatte kein Problem damit, sich diesem Szenario hinzugeben und zuzulassen, dass Fremde ihr einen Orgasmus verschafften. Doch sie wollte nur kommen, wenn Joey in ihr war. Die Hände an ihren Brüsten hörten nicht auf, sie zu streicheln und anzumachen. War das rubinroter Nagellack? Gehörten diese Finger etwa zu einer Frau? Eine *Frau* besorgt es mir?, dachte Anna, als sie in dem schummrigen Licht die vagen Umrisse einer zierlichen Hand erspähte. Mit einiger Anstrengung entwand sie sich den zärtlichen Berührungen, ging auf Joey zu, packte ihn am Schwanz und drückte fest zu.

Das Kleid hatte sie noch immer wie einen breiten roten Gürtel um die Taille gewickelt. Sie machte keine Anstalten, ihren nackten Körper damit zu bedecken. Wozu auch? Die Zuschauer hatten sowieso schon alles gesehen. Und die kühle Brise der Klimaanlage auf ihren Titten und ihrem Po fühlte sich gut an. Sie führte Joey auf den Dancefloor, und aus allen Richtungen streckten Frauen und Männer die Hände aus und wollten sie berühren. Wie viele der Anwesenden wussten wohl, dass sie hier Anna Lamb begrabschten – Supermodel, Szene-Luder, Pin-up-Girl, Partykönigin, *Sexsklavin*?

Auf dem Dancefloor war inzwischen kaum mehr genug Platz, um sich zu bewegen. Es wurde paarweise, zu dritt oder zu viert getanzt. Nackte Menschen schmiegten sich an ihre manchmal vollständig und supermodisch gekleideten Gefährten. Aber Anna wollte nur mit einem Menschen tanzen. Auf ihren Stilettos überragte sie Joey um fünf, sechs Zentimeter. Sie spreizte die Beine, und die Spitze seiner Erektion prallte immer wieder gegen ihre Schamlippen, was sie beide unglaublich anmachte. Im Hintergrund drang langsamer, leiser Hip-Hop aus den Lautsprechern.

»Du Arsch«, sagte sie, aber mit einem verschmitzten Lächeln ließ sie ihn wissen, dass sie jede Sekunde zwischen den Trennwänden genossen hatte. »Du hättest mich da drinnen einfach kommen lassen und mir nicht mal gesagt, dass mich eine Frau betatscht.«

»Ja«, erwiderte Joey, und er roch nach Jack Daniels und Rock 'n' Roll. »Es ist egal, wie heftig sie's dir besorgt hätte. Ich schaff es *immer,* dass du später noch mal kommst.«

»Aber ich bin *jetzt* scharf«, sagte Anna trotzig wie ein kleines, verzogenes Gör. »Ich will dich *jetzt.* Bitte lass mich nicht warten, bis wir zurück im Hotel sind. Ich will hier mit dir vögeln. Sofort!«

»Du kommst erst, wenn ich es dir sage«, entgegnete Joey in dem Befehlston, mit dem er sie immer im Griff hatte. »Und außerdem kommst du da, wo ich dich haben will.« Sein Blick glitt hoch zu dem Bett mit den Samtvorhängen.

»Das kann ich nicht«, sagte Anna automatisch, doch kaum waren ihr die Worte über die Lippen gekommen, wurde ihr klar, dass sie es natürlich konnte und auch tun würde. Joey drehte sie um und stieß sie in Richtung des exponierten Betts. Er folgte dicht hinter ihr, wobei sich sein steifer Schwanz an ihren Rücken schmiegte.

Als sie auf dem Bett lagen, zog er ihr die Schuhe aus und

streifte ihr zärtlich das Kleid über die Knöchel. Anna zerrte an Joeys Hemd und riss es ihm vom Leib. Die Perlenketten und die Lederbänder legte er nicht ab, doch er schlüpfte aus den Röhrenjeans. Bald war sein hagerer weißer Arsch zu sehen, und eine Erektion, die man beim besten Willen nicht als hager bezeichnen konnte, ragte kerzengerade aus seinen dunkelbraunen Schamhaaren hervor.

Schließlich waren sie nackt, und innerhalb von Sekunden waren ihre Körper ineinander verschlungen. Die beiden maskierten Gestalten auf dem Bett boten einen fesselnden Anblick: die makellose Blondine mit der goldenen Maske, über ihr dieser bleiche, schlaksige Kerl mit einem mächtigen Ständer.

Anna spreizte die Beine und wartete darauf, dass der Schwanz, auf den sie so abfuhr, endlich in sie stieß. Doch Joey nahm eine der dicken Kerzen, die um das Bett herum auf den Kandelabern brannten. Sie war weiß und von der Sorte, wie sie in Kirchen verwendet werden. Er hielt sie in die Höhe und neigte sie, so dass Wachs auf Annas Brüste und Bauch tropfte. Vor Schreck oder vor Schmerz schrie sie laut auf, vielleicht auch vor Lust. Das heiße Wachs zischte auf ihrer sowieso schon überempfindlichen Haut, und Anna fühlte sich lebendig, hellwach und spürte jeden Millimeter ihres Körpers.

Joey führte die Kerze über die Mitte von Annas Körper hinunter. Direkt über ihrem Schambein sammelte sich das Wachs und bildete eine Schicht auf ihrer Haut. Das Gefühl war erregend, aber auch angsteinflößend, schließlich war die Kerze gefährlich nah an Annas Klitoris. Bestimmt war Joey nicht wirklich so grausam, die extrem empfindliche, zarte Haut dort mit heißem Wachs zu verbrennen. Und doch, doch … nachdem sich das Vorspiel ewig in die Länge zog und sie vor Erregung fast explodierte, wünschte sie sich fast, sie könnte den Schmerz direkt auf ihrer Klit fühlen, nur damit sie endlich irgendetwas dort unten spürte …

Joey tropfte kein Wachs auf Annas Klit, stattdessen tat er etwas, was alle der Anwesenden schockierte, auch Anna. Er blies heftig in die Flamme, die sofort verlöschte und dabei Spritzer von brennendem Wachs überall auf Annas Körper verteilte. Dann nahm er die Kerzenspitze kurz in den Mund, um sie abzukühlen, und schob sie ganz langsam in Annas Möse. Kaum wurde ihr bewusst, was er vorhatte, öffnete sie die Beine noch weiter, so sehr sehnte sie sich nach etwas Dickem und Hartem in ihrer Muschi. Der feste, stabile Zylinder aus Wachs trennte die Schamlippen brutal voneinander und dehnte Annas Loch weiter als je zuvor. Es fühlte sich irrsinnig gut an, dass nun endlich etwas in ihrer Möse steckte. Sie stellte sich vor, das kalte, glitschige Wachs wäre Joeys Schwanz. Doch Joey ließ die Kerze in ihr stecken und wandte sich wieder ihrem Körper zu.

Die Clubgäste auf dem Dancefloor hatten aufgehört zu tanzen und beobachteten gebannt die beiden auf dem Bett. Einige berührten sich selbst dabei. Anna wartete geduldig, während Joey all das Wachs abzog, das auf ihrem Körper fest geworden war. Mit jedem Spritzer und Tropfen, den er entfernte, riss er ihr feine Härchen aus, was noch schmerzhafter war als die heißen Tropfen vorhin. Während er das Wachs von Annas Brüsten und ihrem Schlüsselbein entfernte, beugte er sich zu ihr hinunter und flüsterte ihr ins Ohr: »Gut gemacht, Kleines. Wirklich ganz toll.« Dabei glitt er mit dem Zeigefinger – dem mit der Hornhaut – hinunter zu ihrer Klit und drückte sie fest. Anna wimmerte. »Ich besorg dir's bald richtig. Du hast schon viel länger durchgehalten, als ich gedacht hätte. Keine Sorge, ich nehm dich so ran, dass du gleich kommst. Meine Eier sind riesig, ich hab Massen von Zeug, das ich in dich reinspritzen kann.«

Mit einer letzten abrupten Drehung zog Joey die Kerze aus Annas Möse und stellte sie vor der Bühne auf den Boden. Ein Mann in einem offiziell aussehenden Geschäftsanzug stürzte sich darauf und fing an, das feuchte Wachs abzulecken. Mehr kriegst du nicht von mir, dachte Anna. Ich vögele nur noch mit Joey. Und sonst mit niemandem!

Dann endlich gab Joey Anna das, worauf sie so scharf war – es wurde auch verdammt noch mal Zeit! Er stützte sich auf seine mageren, tätowierten Vorderarme und rammte seinen Schwanz in ihre triefende Möse. Er war pochend heiß, ganz anders als die sterile, kühle Glätte der Kerze. Nach dem ersten Stoß blieb Joey bewegungslos auf ihr liegen und sein Ständer wurde immer steifer und voller in ihr. Anna bäumte sich auf und presste ihre Klit gegen sein Schambein. Sie wand sich unter ihm, als würde ihr Körper gewaltsam mit Stromstößen malträtiert, und rieb sich schneller und schneller. Wie ein Taifun raste der Orgasmus durch ihren Körper und löschte jeden Gedanken und jedes andere Gefühl aus. Ihre Beine zuckten wild, und ihre Möse pulsierte heftiger, als sie es jemals erlebt hatte.

Gerade als Anna sich völlig ihrem Orgasmus hingab, begannen die Bänder ihrer Maske sich zu lösen. Zum letzten Mal bäumte sie sich auf, völlig außer sich vor Lust, da rutschte die Maske, und für einen kurzen Moment konnten die Gäste des namenlosen Clubs einen Blick auf das verborgene Gesicht erhaschen. Anna griff sofort nach der Maske und hielt sie sich wieder vor die Augen. Ihre Identität war nur ein paar Sekunden lang enthüllt gewesen, doch es waren die entscheidenden Sekunden gewesen! In diesen Augenblicken hatte das millionenschwere Supermodel Anna Lamb jede Kontrolle über ihre perfekten Züge verloren.

Sie hob die Hüften und drückte die Beine zusammen, weil sie genau wusste, dass sie Joey so unweigerlich zum Orgasmus bringen konnte. Er kam so heftig, dass er laut aufschrie und mit seiner Rockstimme einen speziellen, hohen Ton traf, an dem ihn seine Fans genauso erkannten wie die ganze Welt Anna an ihrem Gesicht. Anschließend ließ er sich schwer auf Anna sinken. Die schlang die Beine um seinen Rücken und hob den Kopf, damit Joey ihre Maske wieder sicher hinter ihrem Kopf befestigen konnte. Dann hob er sie vom Bett und half ihr in das Kleid. Dabei berührte er sie mit einer solchen Zärtlichkeit, dass man fast nicht glauben wollte, wie brutal er auch sein konnte. Er streifte das Schlauchkleid über ihren erschöpften Körper und zog die Jeans vorsichtig über seinen immer noch steifen Schwanz. Mit dem zerrissenen schwarzen Piratenhemd wischte er die Überreste von Sperma vom Bett und warf es in die Menge, wo drei halbnackte Frauen sich sofort darum stritten.

Anna und Joey schauten zu den anderen Gästen auf dem Dancefloor. Sie hatten beide die Vorstellung ihres Lebens abgeliefert. Was sie gerade auf dem Bett getrieben hatten, war einfach nicht mehr zu überbieten. Beschwingt, aber auch ziemlich erschöpft, hakten sie sich bei einander unter und liefen aus dem Club. Mit den Schuhen in der Hand huschten sie den schummrigen Gang entlang, rannten am Türsteher vorbei und hinaus durch die schwarze Tür in die warme, trockene Nachtluft, die sie wie eine Decke umfing. Sie liefen weiter um die Ecke und sprangen in den wartenden Wagen.

Zwei Masken, eine golden, eine schwarz, lagen achtlos hingeworfen auf dem Asphalt der schmalen Straße in L.A. Es war der einzige Beweis, dass Anna Lamb und Joey Harper wirklich hier gewesen waren.

Astrid Martini

Zuckermond

Roman

ISBN 978-3-548-26688-6
www.ullstein-buchverlage.de

Die Künstlerin Helena lernt auf einer Vernissage den umwerfenden Leonhard kennen. Sie erleben eine unvergessliche Nacht miteinander, aber Leonhard ist einer der teuersten Callboys der Stadt – Helena sollte ihn besser vergessen. Doch Helenas Eltern fordern immer drängender einen künftigen Ehemann und so stellt sie ihnen Leonhard vor. Sein Preis für das Spiel ist jedoch hoch: Sie muss ihm zwei Wochen lang als sein persönliches Callgirl zur Verfügung stehen …

»Astrid Martini hat Worte für Erotik.« *Rhein-Zeitung*

Samara Fraser

Die Gefangene

Erotischer Roman

ISBN 978-3-548-26908-5
www.ullstein-buchverlage.de

Jamaika, 1812: Juliana Thompson wehrt jeden Freier hartnäckig ab – bis ihr Vater sie eines Tages zwingt, den Heiratsantrag von Elias Blackwood anzunehmen. Auf der Verlobungsfeier wird sie zu ihrer Überraschung von Jason Whitfield entführt, der vor Hass auf seinen Erzfeind Elias brennt. Jason ist vom ersten Augenblick an fasziniert von dieser rebellischen Schönheit und auch Juliana gefällt ihr starker Entführer. Während das Schiff sanft durch die Karibik schaukelt, lernt sie von Jason aufregende Spielarten der Lust kennen und wird Zeugin des hemmungslosen Vergnügens der Piraten mit leichten Mädchen …

UB456

ullstein

Dawn Porter

Internet Lover

Mein erotisches Tagebuch

Deutsche Erstausgabe

ISBN 978-3-548-26496-7
www.ullstein-buchverlage.de

Ein Inserat auf einer Internet-Dating-Seite wird für Dawn zum Beginn einer aufregenden erotischen Reise durch die Männerwelt: ein Kurztrip führt sie nach New York, sie entdeckt ihre Vorliebe für Latex-Anzüge, lässt sich auf eine entzückende Ménage à trois ein und erfährt, warum man unbedingt einen französischen Liebhaber braucht …

In ihrem erotischen Tagebuch beschreibt Dawn Porter freizügig ihre abenteuerlichen Streifzüge durch den Dschungel des Großstadtdatens.